「人生最期《さいご》」の処方箋

曽野綾子

三笠書房

まえがき

私は小学校に入った時、既に近視だった。つまり読書などによって引き起こされた近視ではなく、生まれつき眼球の形が歪《ゆが》んでいる遺伝性の強度の近視だったのである。ただ単に視力が悪いだけでなく、この現実は私の生涯にとって大きく働いた。つまり、私の性格、人付き合い、仕事の選択などでは、私は半分盲人を生きてきた。

しかし、半分だって視力があることは、どんなに感謝してもし切れないことだ。視力がないおかげで、私は暗闇で行動することがうまくなった。嗅覚は鋭くて、家中《いえじゅう》で一番早くガス漏れを嗅《か》ぎつけていた時代もあった。幸いにも私は「少しでも見えれば幸せ」と思うことに馴れ、人よりも見えないことをあまり恨んだことはなかった。

現に私は若い時、友人のボーイフレンドたちのことを「あの方もハンサムねぇ」と言い、視力のいい友人から「そうかしら、あなた、ああいう趣味なの？」と侮蔑《ぶべつ》的な反応を示されたこともある。

見えないということは、一面で幸せなのである。

しかしそれほどひどい近視だった私の眼も、五十歳の時、強度近視の結果起きた若年性白内障の手術を受けて濁った水晶体を取り除くと、裸眼ですばらしい視力が出るようになった。本当にどんなに感謝してもし切れない医学の恩恵を受けたのである。列車の座席番号、デパートの正札から、新聞まで眼鏡なしで見える。子供の時から度の強い眼鏡をかけた私の顔しか思い浮かばない親友は、顔の上に眼鏡の乗っかっていない私に違和感を感じる、と言っていた時代もある。

人はそれほど変わる。いや変わらされるのだろう。人間の運命の変化を納得して受け、その手の変化そのものも、又取り上げられたり、更に加算されたりすることもある、と覚悟して生きるのが人生というものだろう。

　この精神的変化の処方箋は、少なくとも死の日までに用意されるべきものだが、私と同様、多くの人が「間に合わなかった」と思う場合も多いに違いない。だから、そうした未完の意志は失敗だ、と私は言うつもりもない。九十九パーセントの人が多分、人生には失敗も多かった、未完だったと思って死ぬのだ。

　しかし思い残しがあるということは、つまりその人は、まだ生きる目的を持っていた、ということで、決して悲しむべきことではない。むしろ祝福されていいことなのだ、と思うべきである。

目次

まえがき　1

第1章 人間、誰でも最後は負け戦《いくさ》

運命を承認しないと、死は辛い　14
人は死自体ではなく、死に至るまでの苦悩を恐れる　14
希望を棄《す》てなければ成功するという、悪《あ》しき戦後教育　18
死だけは、誰にも確実に公平にやって来る　23
この世で信じていいのは、死だけなのだ　23
死を考えずに生きている日本人　27
余韻を残す　32

人生も四楽章から成っている　32
「年を取り、坂を下るのを見ることは、歓《よろこ》びです」　37
枝垂《しだ》れ梅の下で　41
余命の告知は、患者へのよい手助け　41
積極的に死を迎える計画はできる　46
老年になったら私だけの日々を生きる　51
いつ死んでもいいという解放感　51
老年の仕事は孤独に耐えること　53
体力の衰えを受け入れる　55
年を取って頑張り過ぎない　55
少しずつ人間関係の店仕舞いをする　57
自分を幸せにする四つの要素　59

第2章

死と正面から向き合う時代がきた

キクウィートの悲劇 64
アフリカの生きる力 64
人間にしかなし得ない死に方 69
最後の対談 73
がんを抱えた上坂冬子さんの境地 73
ものごとは軽く、自分の死も軽く見る 79
妻のある人は今から、ない人のように 82
「まだ当分生きる」は、無限に生きると思っていることと同じ 82
すべてを仮初《かりそめ》のものと思うこと 87
期限つきの苦悩 92
音信の絶えた奥さん 92

解決であり救いであるという死の機能 95
死ぬ覚悟を持つ 101

第3章

最期《さいご》まで自分らしくあった時、見事な死が訪れる

後悔を避ける方法 104
ドクターが聞き取った二十五の悔い 104
最近始めた「会いたい人に会っておくこと」 108
夢の代金 113
マイケル・ジャクソン最期の夜 113
マリリン・モンローと共に眠るお値段 118
死者の声 123

「生き続けなさい」という死者の声が聞こえる　123
人は最期の瞬間まで、その人らしい日常性を保つ　126
人生の通過儀礼　129
畑仕事をすれば間引きの大切さがわかる　129
誰でも死ぬことで後の世代に役立つ　134

第4章
余命六カ月となったら、あなたは何をしますか？

一粒の麦の生命　140
「自分の命を愛する者」ばかりの世間　140
人生が満たされる「多彩さ」の条件とは？　145
私と樹との関係　150

シンガポールの我が家との別れ　150
樹だけに知らせる私の死　155
小さな目的の確かさ　160
最後に残るのは、財産でもなく名声でもなく愛だけだ　160
余命を宣告されたら…　164
荒野の静寂　170
自分の生涯に納得できれば、死を迎え易くなる　170

第5章 死ぬという任務

夫の介護　174
完璧を期すのを止めた　174
「要《い》らない」「食べない」…　178

柔らかな威厳を保つ病人、老人になるために　183

最期《さいご》の桜　186

二〇五五年には老年人口が四十パーセント台に　186

老人は自己責任で自然死を選ぶべき時代が来ている　191

澄んだ眼の告げるもの　196

身の回りに起きる詰まらぬことを楽しむ　196

これ以上何を望むのかと、しっかりと自分に言い聞かせる　202

馬とニンジン　205

晩年はひっそり生きて、静かに死ぬ　205

遺品の始末をしやすいように、ものは捨てる　208

要らない品々は手放す　213

「忘れ去られる」という大切な運命　215

微笑《ほほえ》んでいる死　218

モミジの深い生き方　218

私には死ぬという任務がある 225

週末病 232

動けないほど疲れるようになった私 232

五十代くらいから心身は徐々に死に始める 236

はらわたする 242

食べなくなった時が生命の尽き時 242

尊厳生ができた時、尊厳死も可能になる 247

第1章

人間、誰でも最後は負け戦《いくさ》

運命を承認しないと、死は辛い

人は死自体ではなく、死に至るまでの苦悩を恐れる

　私のように、八十代も後半に近づくと、死はすぐ身近な現実として、あちこちに見られる。つまり、あの人も死んだ、この人も間もなく死ぬだろう。そして自分自身も後十年は生きないだろう、という実感が迫って来る。

　かつては、私の死ぬ時、私は誰もいない未知の土地に歩み入る自分を想像した。私は、風だけが吹いている、無人の岸辺に立っているようなものだった。しかしこの年になると、死後の世界はもう孤独ではない。あの人もこの人も、既に向こうの世界に着いている。やあやあ、お久しぶり。あなたは今日お着きでしたか、という感じだ。

だから来世は無人の岸辺ではなく、私にとって実に賑《にぎ》やかな風景に変わっている。

それほどはっきり思うわけではないが、私は少しその心境に近づいている。私は自分を、凡庸《ぼんよう》な人間の運命の流れの中に置くのが好きだった。だから私はいつも考える。人にできたことなら、多分自分にもできる。人が死ねたなら、多分自分も死ねる。生きている人はすべて死んだのだ。この地球が誕生して以来、四十六億年の間に、生まれた人の数だけ、死も存在したのだ。

いつも、言われていることは、人は死を恐れるのではなく、死に至るまでの苦悩を恐れる、ということだ。苦痛はたしかに怖い。私は七十四歳の時、足の踝《くるぶし》を何カ所も折るという怪我をした。手術はすぐにはしてもらえず、怪我の部分の腫《は》れが引いてから、と言われたが、それまで踝にキルシュナー鋼線と呼ばれる長い金属の棒をヤキトリの串のように刺して、それを錘《おもり》で牽引《けんいん》する。そうすることで外れた踝の骨を正常な位置に保ったのである。

串刺しにする時は麻酔薬を入れてもらえたので、痛みはそれほどではなかった。しかし途中で何かのはずみで牽引のシステムが外れた時の痛さは、耐え難かった。ドクターが見つかるまで、私は四十五分間耐えた。

つまり痛みは問答無用の攻撃なのだ。痛みだけではない。呼吸困難も、痰《たん》が切れない苦痛も、吐き気も、臨終についてまわりそうな苦痛はすべて問答無用。一方的に相手のペースで襲って来る攻撃なのである。

私が見ていて痛ましく見えるのは、ことに挫折を知らない人の臨終である。もちろん些細《ささい》な挫折がない人というのも現世にはいないのだが、私は自分がかなりおおっぴらな運命論者なのに対して、そのような負け犬の論理は許さない、という人に時々出会っている。

私はすぐ「仕方がない」と自分の失敗を許し、「人生はまあこんなものだろう。私のいる状況は、もちろん最高のものではないにしても、最悪でもないのだから、大した幸運だ」と甘く考えるのである。そして、後は諦《あきら》める。諦めるという行為を、私は人生で有効なものとして深く買っているのである。

ところが人生の優等生、自分が負けることを許さなかった人は、私のような負け犬的態度を決して自分に許して来なかった。まさに「為《な》せば成《な》る」というあの精神である。それまでの人生をずっと努力し続けて、大方その努力が報いられるという幸運もあった人である。

ところが、人には最後に必ず負け戦《いくさ》、不当な結果を自分に与える戦いが待っている。それが死というものだ。負け戦は一回でいいという考え方もあるが、たった一回の戦いでもうまく処理するには、いささかの心の準備は要《い》る、と私は思うのである。

そういう人生の勝ち組の多くはそれまで、健康である。食欲も体力もある。性格も魅力的だし、学校の成績もよかった。だから学ぶことについて失敗しないし、努力したことは、ほとんどそれなりの成果を上げて来たという人たちである。また穏やかな良識ある両親の元に、平穏に育った人も多い。そして絶世の美男美女でなくても、けっこうこの世でもてても来たのである。

そういう人はまた、世間を制覇する気力もある。世間で至難と言われる大学に受かることを目的とし、うまく行ったのだから、資格試験などを受ければ、「より高く、より遠く」のような目標を作って、一段一段と小気味いいばかりに段階を上げて行く。人より上席に座ることに、別に気恥ずかしさなどを感じない。親分になっても、充分に親分肌の魅力を見せ、子分たちに配慮も示す。だから実力もないのに偉そうにして……などと悪口を言う人は誰もいない。

健康管理も充分だ。酒もタバコも飲まず、健康食品も摂《と》り、運動もまあまあ心がけ、月に一度は健康診断に行ったりする。死に神がつけ入るような隙《すき》などどこにもないように見える。しかしそういう人でも、死は必ずやって来るのだ。

最後の戦いは、死の一方的な勝利と決まっている。どんなに医療行為を受けても、従順に医師の命令に従った療養生活を続けても、生命を継続する好機は巡って来ない。こういう状態は、その人にとって、正義、道徳、秩序などすべてのものに対する裏切りと反逆に映るのである。

希望を棄《す》てなければ成功するという、悪《あ》しき戦後教育

ことに戦後教育は実にひ弱な教育をして来た。その第一が平等や公平を信じさせたことだ。努力すれば必ず報われる。希望さえ棄《す》てなければ、必ず成功するというよう

な、本当の大人なら信じないようなことを、子供たちに教えて来て平気だった。

もちろん私たちは、理念として常に平等を願い、その方向に向かって努力するのは当然だ。しかし人間の資質は生まれながらにして平等ではないのだ。

私は数学が苦手だ。歌を歌うのも、申しわけないほど下手だから、決して歌わない。国歌斉唱の時は、ごく小さな声で、どちらかと言うと口パク風の歌い方で参加する。当然カラオケなど一度も行ったことがない。実は聴くのも好きではない。たいていの人がパバロッティより下手だからだ（当たり前だ！）。でもそれなりに歌がうまくて好きな人は世界中にたくさんいる。

私は足の手術を受けて五カ月目に、一人でカバンを引きずってイタリアの温泉に療養に行った。友人が温泉療法を教えてくれたからなのだが、私は湯治《とうじ》をしながら、イタリアの生活を見るという楽しみを味わった。

イタリアにはパバロッティだけでなく、歌のうまい人がたくさんいる。私が逗留《とうりゅう》したローマ時代からの古い温泉場では、泥浴の面倒を見てくれる太った小母さんが、玄人《くろうと》はだしのカンツォーネを歌った。そして私の逗留の最後の日には、私の体から泥を洗い落としてくれながら「ラ・コメディア・テルミナータ！（さあ、これで終わりよ）」と言ってくれた。人生がコメディア（喜劇・芝居）というわけではないが、泥浴で足の痛みを何とかして取り除きたいと願っている私の期待も行為もすべては喜劇なのかもしれないのである。

誰にとっても、世界中自分にはない才能を持つ人だらけだ。

同様に健康や寿命についても、私たちは平等ではない。平均寿命まで生きる人もいれば、幼児の時に死ぬ命もある。私たちキリスト教徒は、幼い子供が死ぬと、神はその子を、そのまま天国に上げると言う。無垢《むく》な子供は、意識的な罪を犯すことができないから、幸運な死だとするのである。もちろん無神論者は信じないだろうが、こういうことは、大きな慰めだ。

ギリシャ人たちは、人間がどのような時に、どのように死ぬのが一番幸福かを追求した。その答えがヘロドトスの『歴史』に出て来る「クレオビスとビトン」の物語である。

アルゴスにクレオビスとビトンという二人の兄弟がいた。二人とも体力にも、健やかな心にも恵まれていた。

彼らの母は、ヘラの神殿の巫女《みこ》であった。祭礼の時、母を乗せて行く牛が畑に出ていて、どうしても牛車を引けなくなったことがあった。するとこの二人の息子たちは、牛の代わりに軛《くびき》に就き、母を四十五スタディオン（約八キロ）も離れた神殿まで連れて行った。

人々はこの孝行息子たちを褒《ほ》めそやした。その夜は、二人のために盛大な祝いの宴《うたげ》が開かれた。誇らしい母は、幸福の絶頂の中で、二人の息子のためにどうぞこの世の最高の幸せを与えてやってくださいと祈った。宴の終わりに兄弟は酔って眠りに就いたが、そのまま二度と目覚めることはなかった。それが母の願いに対する答えだったのである。

ヘロドトスは、その『歴史』の中でこの話について、「神さまは人間にとっては、生よりもむしろ死が願わしいものであることをはっきりとお示しになったのでございましょう」と書いている。

私たちは死の時に、実に運命は平等でないことを初めて実感する。私の姑《しゅうとめ》は、八十九歳の或《あ》る夏の日の昼頃入浴し、「ちょっと疲れたから、ひと眠りしますね」と言って、そのまま目覚めなかった。すぐ近くにいた舅《しゅうと》も少し耳が遠かったせいか、妻の死に気づかなかった。ピンピンで生きてコロリと死ぬことが最近の人々の願いだというが、ほぼそれに近い生涯であった。

しかし一生病の床から起き上がれないままに生を送る人もいる。他人の私たちが悼《いた》んでもどうしようもないことだが、その不条理を深く悲しむことは決して無駄だとは思わない。

なぜなら、私にとって、自分の現実であろうと他人の運命であろうと、不条理にうちのめされることは、無駄どころではなく、まさに私を人間として複雑にしてくれる過程のような実感があるからである。そして地球上のすべての人間が、動物としてではなく、人間として深まることこそ、恐らくこの世が上質なものになることだろう、と迂遠《うえん》なことを考える。そして不条理の原因にもその運命を受けとめてくれた人にも、深く感謝するのである。

死だけは、誰にも確実に公平にやって来る

この世で信じていいのは、死だけなのだ

一九八四年から八七年にかけて、中曽根内閣の下に臨時教育審議会が開かれていた時、委員の一人だった私は五十代の前半であった。若くもないが、うんと年寄りでもなく、人生の中ほどにさしかかっていた。

その頃の私は、個人的な転機を過ぎたところだった。ちょうど五十歳になる直前に私は視力を失いかけ、作家としての仕事が今後続くかどうかの危機に立たされた。

私の近視は生来のものであった。子供の時から分厚い近眼の眼鏡をかけていた。大人になるにつれ、眼鏡をかけても充分な視力が出ないので、私は対人関係に関して恐

ろしく小心になった。誰と会っても、相手の顔を覚えられないから、人中《ひとなか》に出るのは恐怖の時間だった。それが四十九歳と十一カ月の時に受けた眼の手術によって、私は突然いい視力を得て、眼鏡なしで暮らせる人間になったのである。

もちろんこれは劇的な幸運であった。私の周囲の世界は一変して明るく鮮明になった。私はその変化に有頂天《うちょうてん》になってもいいはずだったのに、私の心はあまりの環境の激変について行けず、一時は食欲を失い、軽い鬱病《うつびょう》になった。

すべてのものがあまりにも鮮明に見えるので、私にとって外界の刺激は強くなり過ぎ、心理的に疲れてしまったのだろう。

私がようやく平静な心理を取り戻し、後半生に贈られた贅沢として、形も色彩も鮮明に色濃くなった世界を充分に味わうようにしよう、と思った時、不思議なことに私に最も強く迫ったのは死の概念であった。つまりこの世が、死の前に与えられた貴重な時間だと自覚したからこそ、瞬間ごとの光景が今までにないほど重い意味を持ちながら、輝いて見えるようになったのである。

教育は、まだ体験しないできごとに対して「備える」ことを目的とする。跳び箱がそうだ。私たちは、ああいう障害物を跳び越えるという事態を体験することはまずない。

後年、私はイタリアのカプリ島で豪雨に遭い、まともな道路が冠水《かんすい》して通れなくなったので、崩れた低い石垣を乗り越え、他人の畑や庭を無断で横切って、どうやら港まで辿り着いたことがある。しかしカプリ島の豪雨体験に近いものがなかったら、私にとって跳び箱で瞬発的な跳躍力を伸ばす必要など、全くなかったのだ。

眼が見える生活が落ち着いた頃、私は臨時教育審議会の委員になった。私の悪い性格の一つに、昔から制度というものを重く見ない癖があった。教育制度を整えることは一応大切だが、人間が自分を教育するのに必要なものは、制度ではなく一人だけの毎日の闘いだ、という不遜な思いが強いのである。

自分を伸ばす方法は、ほとんど外界に関係なく、抜け駆けして自分で教育材料を見つけることだ、と思っていた。つまり外界がまともなものでもそれを信じず、外界がまともでないならその時こそ自分を自分の好きなように成形するチャンスだというふうに受け取っていたのである。

だから教育改革が不必要だとは言わないが、私はそこで論議されることに恐ろしく鷹揚《おうよう》であった。それは断じていけない、とか、これをどうしてもしなければ教育は滅びる、と思うほどの情熱がなかった。それにはっきり言えば、二十五年前の日本では、今ほど教育崩壊が目立っていなかったのだ。

しかしこのいわゆる臨教審の期間中に、私がたった一項目だけ、数回にわたって提言したことはある。それは、死に関する教育を、ぜひとも義務教育中に行うことであった。

私流の表現で言えば、世の中のことは、すべて期待を裏切られるものである。地震の時に持ち出す非常用のカバンを整備したら、いっこうに地震は来ず、カバンの中身を出したら地震が来た、という人もいる。嫁にも行かずずっと同じ家で暮らしてきた娘がいるから、自分の老後はこの娘の世話になろうと思っていたら、思いがけなく娘の方が先に亡くなったりする。世間の悲哀というものは、多かれ少なかれ、そのような形を取る。

しかし死だけは、誰にも確実に、一回ずつ、公平にやって来る。実にこの世で信じていいのは、死だけなのである。

それほど確実な事象なのに、日本の学校では何一つ教育をしないのだ。何という無責任なことだろう。だから新しい教育では、たとえわずかな時間でも、死が不可避なこと、死を前提に生の意味合いを考えるべきだということを、教えてもいいはずだ、と私は思ったのである。

しかし結果的に言うと、私の提言は取り上げられなかった。委員の誰一人として死について教える必要性を強くは感じていなかったのである。

死を考えずに生きている日本人

多くの人たちが、日常生活でほとんど死を考えない、ということがかねがね私には不思議でたまらなかった。お葬式に行くと、告別式場で帰りに挨拶状を渡されるのだが、その中には小さな塩の袋が入っている。「食べられません」と書いてあるのも不思議だった。あれは果たして塩なのだろうか。家に帰りついたら、肩のあたりにはらはらとその袋の中身を振りかけてから自宅の玄関を入る。するとそれで不浄な死は清められてしまい、死という怪物も我が家に入り込めなくなる、という発想で、死の観念を遠ざけているのであろう。

そのようにして、死を考えないで生きることが日本人はうまかった。しかし外国人は、というより、私がよく知っているキリスト教徒たちはけっしてそうではなかった。彼らは、死を生のゴールと考えている。むしろ悩みも苦しみも多い現世の役目を終えて、善人は神の元に召《め》されて永遠の安息の中に生きるその節目だと考えていた。だから死の日のことを、カトリックでは「生まれる日《ディエス・ナターリス》」と呼ぶ。一方で、死ねば万事終わりで無に帰すのだ、と言う人たちもたくさんいる。こればかりはどちらが真実か、現世で決着をつけることはできない。世の中には、証明できないことがたくさんあるのに、証明できないことは、ないに等しいと考えている人も多いのである。しかしそれは私の体験では間違いである。証明できなくても、存在しそうなことが私にはたくさんあった。

私はカトリック教徒としていい信者ではなく、信仰生活では劣等生だと感じている。

口先で卑下してみせているのではなく、本当にそう実感しているのだ。毎日の祈りもなおざりにする。日曜日に教会に行くのが辛い理由は、最近では怪我《けが》をした足の痛みが朝強いせいだと言えば都合がいいのだが、第一の理由は、私が人の集まりに出るのが怖いからである。私は神から見て劣等生なのだが、それは少しも構わない、と思うのも困った理由だ。人生には、劣等生がいるから、優等生という人が鮮明に意識される。私は、神の優等生を際立たせているという点で存在の意義がある劣等生なのだ。

それに神はまたいいことを言っているのである。自分は義人、つまりいい人のためにこの世に来たのではない。悪人のためなのだ、とも言っているのだ。すると私がダメ信者、ダメ人間でも、神は決して見捨てないと保証しているのだ。

劣等生の私なのだが、今までに数回、もしかすると、私のような者でも、神は覚えていてお使いになるのか、と思ったことはある。

私は一九七二年から、おかしな経緯（つまり崇高でないきっかけ）で、韓国のハンセン病患者たちの村の経済的な支援をするようになった。別にしたくはなかったのだが、皮肉にもそうなってしまったのである。この支援がしかし、私の希望でもないのに、次第次第に大きくなって行った。つまり寄付金も余るようになったのである。

そして一九八三年、私は自分が書こうとしている新聞小説の取材のために、アフリカのマダガスカルに行くことになった。マダガスカルの僻地《へきち》で助産師として働いているシスターの仕事を学ぶためであった。

取材の最後の日に、現場で私をいつもエスコートしてくれた一人の商社マンが「博打場《カジノ》は見なくていいんですか?」と聞いてくれた。私のいたホテルの最上階に、確かにカジノはあったのだが、私は賭け事が好きではないので、忘れていたのである。

私の書く主人公は、いつもいい加減な性格だから、カジノにも行くかもしれない。それなら一目見ておくか、と私は渋々納得した。商社マンとエレベーターに乗りながら、私は「もし儲かったら、あの貧しいシスターたちの産院に上げなきゃね」と呟《つぶや》いた。ほとんど言葉の上での空約束である。

私は博打《ばくち》で儲けることなどあるわけはないという確信さえ持っていたので、その日たった二回だけルーレットをやった。そしてその二回共当てたのである。

大当たりと言えなかったのは、そのカジノでは賭け金の上限が決められていたので、私の受けたお金も十万円に満たないわずかなものだったのだ。しかしルーレットを二回続けて、少しの無駄な目に張ることもなく当てる、ということは、実は普通の人間のめぐり合う幸運の可能性からは大きく外れている。ともかくそれがきっかけになって、改めて私は途上国で生涯を賭けて働く日本人の神父と修道女を支援するNGOを作ることになった。

その夜、人気《ひとけ》もまばら、照明も陰気なカジノで、私に「エレベーターの中での誓い」を確実に実行させたのは神だと思う他はない。この幸運の確率は、普通の人間が生涯に出会えるものではないからである。

私は神との約束は破らなかった。神は劣等生としての私の存在を覚えているらしいし、お調子のいい約束としてエレベーターの中で言ったことも聞いて記憶しているとしか思えない。人間の死の時、神仏がいるかいないかは、実に大きな要素なのだ。たとえばそういうことを一度も考えずに老年を迎えることはある意味で無残だ、と私は思うのである。

余韻を残す

人生も四楽章から成っている

私は決して音楽に詳しいわけではない。しかし人生の半ばから、自然にクラシックを聴くようになった。それまでは、ほとんど音楽と無縁の暮らしをして来て、書く時など、あらゆる音楽が煩《うるさ》いと思う時が多かった。

前節でも触れたように、五十歳を目前にして、病気のために視力を失いかけた時、私は初めてCDで音楽を聴き始めた。私は眼科の診察を受けに名古屋の近くの病院まで新幹線で通っていたのだが、車中でもずっとクラシックを聴いていた。本が読めなくなった以上、そうする他はなかった。そういう生活が前後三年近く続いた。

当時私は、常に音楽を小説になぞらえて聴いていた。私は小説家が作品を作る過程なら熟知している。それと同じように、作曲家はどのように曲を作っていくのだろう、という興味はあった。

シンフォニーは、急、緩、メヌエット（またはスケルツォ）、急、の四楽章から成るという。実を言うと、私はこういう約束があることも知らなかったのである。第三楽章しかなくても、第五楽章まであるものがあっても少しも構わないだろうに、と思っていたのである。長篇小説に型や長さの制約は一切ない。

あくまで素人判断だが、どの交響曲にも、同じような特徴が感じられた。

第一楽章はやや堅くて、説明的で、味が悪い。熟していない感じである。それが第二楽章になると、とたんにどの曲もそれなりにのびのびとしかも絢爛《けんらん》としてくる。語りたい思いも、充分な遊びも、共に感じられる。オーケストラの人々の演奏もまた、それに合わせているようでもあった。第一楽章は車のエンジンの掛かりたてと同じで、なかなか温度が上がらないという感じである。それが第二楽章になると、温かく、血がすみずみまで巡るような活気を見せて、演奏に艶《つや》が出て来る。

その頃、私が納得できなかったのは、第四楽章であった。最終楽章なのだから、いわば曲の思いの総括なのだが、どれも力《りき》み過ぎているように思えてならなかったのである。

私の眼は二、三年の絶望的な時代を経た後手術を受け、かつてなかったほどの視力を取り戻したのだが、後に一つの置き土産《みやげ》のような変化を残していた。小説を書く時に音楽は煩《うるさ》いと思っていた私が、毎月連載小説を書く前にまず決めた曲を聴いてから書き始めるようになっていたのである。一種のテーマソングである。その音楽を聴くと、断たれていた物語と情感が、月刊誌なら一月《ひと》ぶりに甦《よみがえ》って来るという感じの変化が定着していた。

しかし第四楽章が、その作曲家の思想の集大成だろうと納得できるようになったのは、割と最近である。

第一楽章は、青年期の「宣言」のようなものだ。学問や仕事の選択の時に示される、人生への好みや、時には理想のようなものも高らかに謳《うた》い上げられる。ただし若い時の精神の起伏は稚拙《ちせつ》で直線的で激しい。あれこれ企み、試しにやってみていい気になったり、失敗して絶望的になったりする。つまり論理が人生を主導する。表現はまだ非常に慎重で堅い。これが第一楽章である。

三十代四十代になると、生き方にかなり安定した自分らしい方向性ができる。多分このやり方でやれば、うまく行くだろうという経験則もいささか身につくようになって、自信に溢れる人も出るようになる。しかもまだ未知の部分もたくさん残されている。これが最も楽しくあでやかな第二楽章の魅力の原因である。

第三楽章については、今でも私はよくわからない。人間の実人生でこれに相当するのは、五十代六十代である。メヌエットやスケルツォは、三拍子で軽快なのが特徴なのだそうだが、私の中年以後は、三拍子の軽快さなど全くなかった。ただ現実に返れば、私の五十代六十代は本当にいい年月だった。もう若くもないが、眼は見えるようになり、愛嬌《あいきょう》で通る年ではなかったが、私は充分に人間になれたような気がしていた。私はもう背伸びをしていなかった。いい友人が男女を問わずたくさん増えた。知的な話もでき、自分をいささか開放してユーモラスな会話も板につく年頃になっていた。子供は独立し、親は見送って、どこへ旅行するのも自由になった。体力とお金は、そここそこ釣り合いが取れて充実していたし、何より、私には死ぬまで拡《ひろ》げて行きたいテーマがはっきり見えた時代だった。

そしてやがて人生の第四楽章にさしかかる。実は私はシンフォニーの第四楽章で感動したことはあまりない。しかしそれが大切なものだったということは最近になってわかる。第一楽章のモチーフは、どこかでずっと生きている。それが私の生活上の強力な好みだというものは、全く変わっていなかったのである。

ただ何ごとでも締めくくりというものは必要なのだ。芸術では殊《こと》に大切だ。締めくくりの効いていない芸術作品などというものはないだろう。締めくくりこそが余韻を作る。そして私は、余韻のある人生に惹かれたのである。

以前韓国の慶州《キョンジュ》で、新羅《しらぎ》の鐘を聴いたことがある。その余韻は一分や二分ではなく、信じられないほど、長く古都の山裾《やますそ》に漂っていた。その音をどう聴くかは人による。ただ余韻というものは、何より高圧的ではなくていい。こう感じなさいというような命令的なものは一切ないのである。しかし切々と訴えるべき思いは豊かに蓄えられている。

「年を取り、坂を下るのを見ることは、歓《よろこ》びです」

ここで私は、今後もしばしば触れることになるだろうと思われる一人の人物を紹介しておきたい。誰にとっても直接自分が会ったことのない歴史的な人物なのに、折にふれてその生き方に大きな影響を受けた人というのはあるはずなのだが、私にとってその一人が、シャルル・ド・フーコーという神父である。

シャルル・ド・フーコーは一八五八年、フランスのストラスブールの貴族の家に生まれた。八歳の時、父母と死別。父の妹である叔母の家に引き取られた。従姉《いとこ》マリーは八歳年上で、やがてシャルルはマリーに深い愛を抱くが、マリーはシャルルの十六歳の時、ド・ボンディィ夫人となる。まさかそれほど年下の従弟がそのような感情を自分に抱いているとは、マリーは想像できなかったのであろう。

シャルルは軍人としての教育を受けるが、二十歳で祖父が死去すると、財産を相続して自由に使える身となった。マリーを失った自暴自棄的な気分もあったのか、シャルルは信仰を失い、女と食道楽に耽《ふけ》り、体に合う軍服がないほどの肥満体になったという。一八八一年アルジェリアの戦闘に参加した時、怪しげなミミという女性をド・フーコー夫人と偽《いつわ》って同行し、まもなくそれがばれて、「軍を取るか、女を取るか」と迫られると、シャルルはあっさりと「女を取ります」と言って軍を追われるのである。

しかしまもなくシャルルは女とも放埒《ほうらつ》な生活とも別れ、アラビア語を学び、コーランを読み、信仰について考えるようになる。すべての関心が、以後の生涯を賭けた生活と結ばれていたのだ。やがてフランスに戻ったシャルルは、心密かに想い続けていたマリーに再会した。マリーの説得で罪の告白をし、聖体を受け、彼は激しく神に呼び戻された自分に気がつく。二十八歳の時である。

一八九〇年、三十二歳の時、俗世における最後の晩をマリーの足元に座って過ごした後、シャルルはトラピストの修道院に入った。

一九〇一年司祭に叙階《じょかい》されるとまもなく、シャルルは再びアルジェリアに渡った。神が自分を呼んでいるという自覚もあったろうが、現世では、マリーの、ド・ボンディ夫人としての生活を自分の存在故に乱さないために、永遠に自分を遠くにおこうとしたのだろう、と私は推察する。一九一六年までの約十五年間、三度フランスに戻った時以外、シャルルはアルジェリアのタマンラセットの山地にこもって、周囲の先住民たちの改宗を試みようとしたが、全くと言っていいほど効果はなかった。

一九一六年、過激派のシヌシ教徒の襲撃を受けた時、十五歳の少年によってシャルル・ド・フーコーは射殺された。足元には、遺言でマリーに残すことを明記した手書きの聖書が落ちていた。一九〇三年、シャルルはまだ充分に若い四十五歳であった。私たちの常識から言えば、前途も長い壮年期の真っ只中にあるのだが、既に彼は次のように書いているのである。

「自分が年を取り、坂を下るのを見ることは、申し分のない歓《よろこ》びです。それは私たちにはよい解消の始めですから」

矛盾することなのだが、シャルル・ド・フーコーの中においても、(若さや自己の存在そのものを)失う予感によってのみ、初めて自己の本質を神の前で素直に現すことができるようになった面があるのだろう。死の一年前の一九一五年夏、シャルルは生涯、現世では会うことを避けたまま愛し続けたマリーに書く。

「タマンラセットでミサを上げて十年になります。でもたった一人の改宗者もいません」


シャルルの生涯は、現世の常識で言うと全くの失敗者だった。死の当日、彼は再びマリーに宛てて書いた。

「苦しんでいるのを感じます。愛していることを、何時《いつ》も感じるわけではありません。これはより大きな苦しみです」

この愛はマリーに対するものではない。神父として土地の人々に向けられるべき愛が、うまくいかないことにシャルルは苦しむのである。その人間としての素顔を、死の当日まで正視しつづけたのがシャルルの勇気であり、それが人間としての完成への道であった。

枝垂《しだ》れ梅の下で

余命の告知は、患者へのよい手助け

死は人間にとって、死刑を執行されることだ。そう思う人が多いのは当然である。死刑は極悪犯罪を犯した犯人にだけに適用されるもので、私たちのように最低限、殺人も放火もしなかった人間が受けるべき刑罰ではない、と思う人もいるはずだ。

しかしそうではないのだ。死刑ではないが、突然死でない限り、死は必ずいつか事前に宣告される。最近ではがんの患者に対して、主治医が死の告知をするケースも多くなったという。

患者サイドから見ても、そうされることを望む人が増えたということだろう。一つには、人は死ぬまでにすることがある。死期を宣告されただけで、がっくりして何もできなくなってしまう人もいるだろうが、多くの人は、やはり気丈《きじょう》に自分が果たすべき役割を少しでもやり抜いて終わろうとするからである。つまりそのために、死の日までの有効性ははるかに増し、日々は濃密なものになるのである。

もう一つの理由は、判断の明晰《めいせき》な病人に嘘をつき通すということが、看病しなければならない周囲の人にとって大きな重荷になるからだ。病人に真実を告げないために、家族は一致して虚偽的な発言をする。そもそも我々凡庸な人間には、嘘をつくという才能はあまり充分には与えられていない。天性の嘘つきという人もいるが、普通は一度嘘をつくと、次から次へと辻褄を合わせていかねばならなくなり、それでへとへとになる。そしてやがては、嘘がばれて、信頼関係まで失われる、ということになる。

重病人を抱えれば、家族は心理的に苦しみ続けている。別離の予感、治療費の捻出、見舞いに行く時間のやりくり、それに伴う身心の疲労、どれをとっても大変な重圧だ。そこへ、明るい顔で嘘までつかねばならないという義務が生じたら、重荷はますますひどくなる。

すべて人生の重荷は、死んでいく病人も担《にな》わねばならないものなのだ。だから世の中は告知の方向に向かったのだろう。私はいい時代になったものだ、と思っている。なぜなら医師が告げる死は、自然現象に属する事柄なのであって、人生の計画に対してまことに自然に手を貸しているに過ぎないからだ。

そのような形での「死刑」が宣告された瞬間のことに言及している人の手記や談話を、私は幾つか読んだ。

「頭の中が真っ白になった」という当事者の発言はよくあるが、実を言うと、私はこの表現があまり好きではない。私は子供の時から、家庭的にも、戦争によっても、かなりの修羅場を過ごしてきたが、まだ頭が真っ白になるほどの思いはしたことがない。もちろん至近距離で爆発が起きたりすると、その瞬間、人間の生体反応は極度に緊張するから、頭の中は真っ白になったように感じられ、何も考えられなくなっているのだろう。しかし少なくとも体に不調を訴えて病院に行ったような人なら、医師から近づいた死期を告知される可能性は充分に考えられたはずである。

その時から、死に到達するための道程が始まる。どの道を通ることになるか、当事者にも事前にはわからないだろう。人生には定型はない。事実その時間が苦しくて、自殺する人までいる。何もそんなに急がなくても、間もなく自然に死ねると保証されているのに、と私は思う。

それにどんなに重病でも、もしかすると、その間に初恋の人に会えないでもないだろう。宝くじに当たって、家族の将来が安泰《あんたい》になったという確認ができるかもしれない。長く別れていた生みの母に会える日が来るかもしれない。

そんな劇的なことではなくとも、私が或る日、イル・ディーヴォという四人の男たちが歌った『アメイジング・グレース』（驚くべき神の恵み）を初めて聴いた時のような驚きも待っているかもしれないのだ。

かつて私の働く小さなNGOのグループは、南アフリカのヨハネスブルクにあるエイズ・ホスピスの要請で、八体の遺体を冷蔵できる霊安室を寄付したことがある。建設費用の二百二十万円は私たちが出した。その開所式に私は出席したのだ。

穏やかなる或《あ》る午後のことだった。そこで働く二、三十人の職員が、霊安室の前に集まった。ほんの二、三十メートルしか離れていない午後の芝生の椅子には、数人の患者たちが座っていた。彼らは皆自分の運命を知っていた。死が近日中に訪れることを覚悟している人ばかりだった。彼らの中には、ホスピスに丸二十四時間もいずに息を引き取る人もいた。死と生は、午後の光の中で、紙一重の不気味な親しさで隣り合っていた。彼らが死の側におり、私が何の理由もなく、生の側にいるということの無残さに、私は耐えられなかった。

そこで私たちはこの『アメイジング・グレース』を歌ったのだ。死んでいく人たちも私たちもすべてが、最期の一瞬に、見捨てられていないことを実感しているからだった。その時以来の感動で、イル・ディーヴォの歌は私を打ちのめしたのだ。

この歌詞を意訳すると次のようになる。

「驚くべき神の恵みは、
私のような哀れな者も棄《す》てなかった。
かつて私はさまよっていたのだが、
実は私は見守られていたのだった。

私は運命に対して盲目だった。
しかし今、私にはすべてが見えている。
神の恵みは、何と優しかったことか」

少なくとも死ぬ前に、知っておきたかったこと、会えてよかったことに多く出会えるのはいいことではないか。だから私たちは、自分で死期を早めたりしてはならないのだ。

積極的に死を迎える計画はできる

もし死を、一方的に、高圧的に押しつけられた死刑のようなものだ、と取るなら、それに対する対処の仕方は、あまり意味のないものになってしまう。
なぜならそれは押しつけられた暴力で、当事者にとっては天災のような、逃れようのない圧倒的な矛盾だからだ。ごまかして大酒を飲むか、家族に泣き言を言い続けるか、とにかくどのような抵抗をしようとも、必ず相手が勝つのが死というものなのだ。

もっとも、何度も言っていることだが、もし私たちから、死という終局が取り上げられたら、どんなみじめなことになるだろう。人間にとって最高の刑罰は、永遠に死ねなくなることである。ただしこの最高刑だけは、この世でまだ設定されたことがない。永遠に生きたい、という願いは、その現実を地道に考えてみたことのない人間の、浅はかな希望だと言う他はない。

すべてものごとは、それを受け身で嫌々受け取るか、積極的に受け取るかで、大きく意味も変わって来る。もし死を、理性ある人の自ら納得した結末だというふうに受け取れれば、そこには明るい陽射しが見えて来るのだ。

それを納得させてくれる光景を、自然はどこにでも用意している。それは家に一番近い川べりや公園でいい。さもなければ、町中《まちなか》の銀杏《いちょう》並木でいい。秋になると、木々の多くは紅葉し始める。黄や赤に染まった葉は一瞬の艶《あで》やかさを見せ、やがてそれは乾いた大地の色に近づく。瑞々《みずみず》しい命が遠のく様相である。

葉が落ちかける頃、毎年のように私は言う。

「しばらくの間、落ち葉掃《は》きが大変だわ」

銀杏や欅《けやき》並木に家が面している人も呟《つぶや》く。

「落ち葉は滑りますからね。年寄りが滑って転ぶと大変だから、落ち葉の掃除はやらなきゃならないんですよ」

それからほんの二、三カ月で、私たちは再び棒のようになった枝を見上げて言う。

「もう蕾《つぼみ》が膨らんでるわ。春の気配よねえ」

我が家の枝垂《しだ》れ梅は、毎年必ず三月五日頃、最も妖艶な華やかさを見せる。そして私は言う。

「大したもんだわ。カレンダーもないのに、どうして毎年きちんと三月五日頃になると盛りになるのかしらね。私なんか始終、今日は何月何日だか、一瞬わからなくなるのに」

二〇〇一年の三月五日、この梅が満開の日に、私たち夫婦は、ペルーの大統領だったフジモリ氏が、亡命の後の百日間を私たちの家で過ごしてから、新たな生活を始められるのを見送った。私たちが氏を迎えたのは、氏が故国に帰らないまま、旅先の日本で政治的亡命を果たしたその劇的な日である。

私は当時、日本財団で働いていて、その仕事の上で氏と知り合いになった。当時フジモリ氏に自宅を仮寓《かぐう》として提供するのは、いろいろな意味で誤解や中傷や脅迫を招く恐れがあって、政府や財界の人々にはできにくかったのである。しかし私たちは失うべき名誉も地位もない小説家だから、国家元首としての立場を失って一民間人に戻った人を泊めるのは、何でもないことであった。私たち夫婦はただ、ペルーの日本大使公邸で起きた人質事件の時、最終的には二十四人の日本人全員が無事で救出されたご恩を、いつか誰かが返すべきだと思っていたのである。

新しい家と仕事場を見つけて、私の家を出て行く日を三月五日と決めたのは、フジモリ氏自身だった。その日私たちはこの枝垂れ梅の下で記念写真を撮った。百日間警備を担当した警察署の署長も制服姿で見送りに現れた。そして東京一ブスという評判の我が家のネコまで、私たちが並んで立っていると勝手にやって来て足許《あしもと》に並んだ。この猫は私と大違いで、写真に写るのがこの上なく好きだという性格だった。

二〇一八年十一月現在、フジモリ氏は、ペルーで入院生活を送っているという。私はもしかすると、もう会う機会もない。しかしそれは少しも悲しむことではない。人は必ず会い、会えば必ず別れる。

森や並木道の木の葉が一斉に落ちるのは、死の操作ではない。それは生の変化に備えるためである。それが納得できれば、自分の死も、他者の生のために場を譲ることだと自覚できる。そしてその死を積極的に迎えようとする計画もできるはずなのである。

老年になったら私だけの日々を生きる

いつ死んでもいいという解放感

私は万事人並みに暮らしてきた。健康に関しても、内臓の病気がないだけ幸運だったと言えるが、そのためには、薬を飲まず、毎日毎食、必ずうちで料理をして家族にも食べさせることを何十年もやってきた。料理は、創作と同じで、私はかなり好きだったのである。

それでも夫も私も、八十歳を超え、九十歳に近づくと、決して健康に問題がないわけではなくなった。私は膠原病《こうげんびょう》の一種のシェーグレン症候群で、数日おきに微熱が出て、だるくて動けなくなる。それでも、私は旅行に出るし、できるだけしたいことをして、病気と付き合わないようにしている。

もういつ死んでもいいという感覚には、すばらしい解放感があった。冒険に出たかった青春が再び戻ってきたようだ。しかし青春と違うのは、私が常に終焉《しゅうえん》の近いのを感じつつ生きていることだ。それゆえに、今日の生はもっと透明に輝いてもいる。

老年には、私だけの日々を生きることが許される。

青春時代も壮年期も、私たちはいい意味でも悪い意味でも、固く家族や、時には職場に結ばれていた。しかし今や私は、私だけの時間を手にしている。

下手な詩を書く時間、毎日夕日を眺める時間、自分と孤独な友人のために簡単な夕食を用意する時間、そして「私はあなたが好きでした」と友に言いに行く時間さえある。

老年は自分で毎日をデザインできる。

老年の仕事は孤独に耐えること

他人に話し相手をしてもらったり、どこかへ連れて行ってもらったりすることで、孤独を解決しようとする人がいる。しかしそれは、根本的な解決にならない。根本は、あくまでも自分で自分を救済するしかないのである。

孤独は決して人によって、本質的に慰《なぐさ》められるものではない。確かに友人や家族は心をかなりにぎやかにしてはくれるが、本当の孤独というものは、友にも親にも配偶者にも救ってもらえない。人間は、別離《べつり》でも病気でも死でも、一人で耐えるほかないのである。

人間は群棲《ぐんせい》する動物なのだろうけれど、孤独にならざるを得ない場合がある。動物のドキュメンタリーを見ていても「群《む》れを離れた」という場面はよく出てくる。そういうこともあり得るのだと覚悟をしなければならない。いっそのこと、「老年は孤独で普通」と思ったらどうだろう。そして、皆が孤独なのだから、「自分は一人ではないのだ」と考える。

結局のところ、人間は一人で生まれてきて、一人で死ぬ。家族がいても、生まれてくる時も死ぬ時も同じ一人旅なのである。赤ん坊はよく泣くが、記憶はないが、すごく辛いのだと思う。おむつが汚れたり、お腹が空《す》いたりしても、口が利けないのだから、辛くてたまらないのだろう。それを経て皆、大きくなる。人間の過程の一つとして、老年は孤独と徹底して付き合って死ぬことになっているのだ、と考えたほうがいいのではないか。私はそう思う。

一口で言えば、老年の仕事は孤独に耐えること。そして、孤独だけがもたらす時間の中で自分を発見する。自分はどういう人間で、どういうふうに生きて、それにどういう意味があったのか。それを発見して死ぬのが人生の目的のような気もする。

体力の衰えを受け入れる

年を取って頑張り過ぎない

私は二〇一四年の秋あたりから、かなりはっきり生活のテンポを変えた。まず講演をやめた。

体力が衰えてきているし、家の整理もしたい。しかし毎日料理はしたいし、一生仲のよかった人たちに、これからも手料理のご飯くらいは我が家の台所のテーブルで気楽に食べてほしい。

しかし付き合いの範囲は縮めることにした。

もともと友人はそれなりにいるが、私の交際範囲は昔から決まっていた。善悪ではなくて、私の性格が偏っているから、付き合える人と、それが難しい人とがはっきりしている。だからこれは大した「整理」ではない。ただ親しい人との付き合いも、時々義理は欠くことにした。お礼状など律儀に書く体力がなくなってきたのである。その代わり機会があったら、長年会わなかった人ともそれとなく会って、現世でお世話になった感謝をしておきたい。とはいってもあらたまってそんなことを口にしたら、みんな挨拶に困るだろうから、それとなくがいい。

とまあそんな暮らし方になった。

年を取って頑張り過ぎるのも醜いし、怠け過ぎるのも困る。頑張り過ぎるのは端から見ていても辛いし、怠け過ぎるとすぐ自分自身の身の回りのことさえできなくなって、人困らせの状態になるから、この辺の調節が難しい。

少しずつ人間関係の店仕舞いをする

生活に困るようだったら、知人の冠婚葬祭は、もう無視したらいいのだ。年を重ねると、誰でも冠婚葬祭に参加する体力がなくなる。弔電《ちょうでん》さえ打つ必要はない、と私は割り切っている。

私は六十歳で年賀状を書くのを止《や》めた。ただでさえ年末は、締め切りが繰り上がり、寝る時間も減らさなければならなくなる。若い時には耐えられた状況も、年を取るとしだいに辛くなる。それが原因で病気になったら、家族も大変、治療には税金も使うようになる。無理をすることは、逆に無礼なのである。

別に私だけの特徴ではないだろう。誰でも人間は少しずつ引退するのが自然なのだ。どんなに年を取っても前と同じように振る舞うというのは思い上がりだと私は思う。ものごとには、いつかは終わりが来る。いきなり来ることもあるが、少しずつ店仕舞いの用意をするのである。それを弱者いじめとか、高齢者の不安は政治の貧困、というふうに思う最近の風潮の方がおかしいのである。

年賀状を出さなくても、葬式に欠礼しても、高齢者に対しては、誰もが、年のことを考えてくれる。こんな寒い時の葬儀に無理して参列してくれて、それがきっかけで風邪をひき、肺炎にでもなられると困るから、お宅で暖かくしてくださった方が安心だと思う。亡くなったという知らせはなくとも、年賀状が来なくなるということは、あの人ももう年だから自然だ、と誰もが思ってくれるのが老年のよさである。

ましてや年金暮らしかどうかくらいは誰にでも容易に想像がつくことだ。最盛期には羽振りのよかった人でも、高齢者になれば、皆お金とは無縁の静かな暮らしに入るのだ。それは別に恥でもなく、落ちぶれた証拠でもなく、憐《あわ》れまれる理由でもない。むしろ静かに変わっていくのが人間というものの堂々たる姿勢だと思う。

自分を幸せにする四つの要素

老年の幸福を、私はあえて健康を別にして考えたいと思う。なぜなら健康は深酒、喫煙のような自分に責任のある要素を除くと、素質的な要素が多いから、自分の自由にならないのである。そして健康という要素を除外しても、私を幸福にしてくれる要素は四つあるだろうという気がする。

第一の単純な条件は、身辺整理ができていることである。まずガラクタを捨て、家の空間を多くする。自分にとって大切なものも、私の死後は、娘や息子にとってさえ要らない場合が多い。ましてや他人には何の価値もない。写真、記念品、トロフィー、手紙、すべて一代限りで今のうちにさっさと捨てる。その捨てるという作業に専念できる日が目下の私にはそれほど多くないので、整理は遅々として進まない。

空間が増えるということは、老年の家事労働が楽になることなのである。拭き掃除も簡単になる。探しものもしなくて済む。腰が痛い人は屈《かが》まなくていい。

嫌《いや》な匂いを家の中に溜《た》めず、いつも風通しのいい状態を保てる。

床もテーブルも物置ではない。ものはその本来の目的のために働けるようにしてやることが大切だ。床は移動のための空間なのだから、何も障害物なしに動ける状態がよく、テーブルは食事のためだけにいつも空けておかなければならない。

冷蔵庫の中のものも、古いものから残さずに使って、必ず別の料理に使う。

しかし衣服などいつも古いものばかり着ていると、老人自身が古びているのだからますます見苦しくなる。時々古いものを捨てて新しい衣服を取り入れ、こざっぱりした暮らしをするのが私の理想だ。

第二の条件は、老年がもうそれほど先のことを考えなくてよくなっていることから始まる。私は自分が死んだ後のことなど考えられないし、またあまり考えて口を出してはいけないような気もしている。だから、自由になる範囲のお金や心や時間は、他人のために使うことが満たされるための条件のような気がしている。

つまり人生を活力で満たすものは「愛」、相手が幸福であることを願う姿勢なのである。他者を愛することが自分を幸せにする、という一見矛盾した心理を認めること、これが第三の条件なのだが、この程度のことは誰でも知っていると思っていると、それがそうでもない。老化は利己主義の方向にどんどん傾くからである。

自分だけの利益や幸福を追求しているうちは、不思議なことに自分一人さえ幸福にならない。これは別に老年だけの特殊事情ではないのだが、若い世代でも、まず自分の利益を守ることが人権というものなのだ、と教わったらしいから、幸福になりようがない。自分のことだけを考える子供のような年寄りになるのは、やはり失敗した老年を迎えたことなのである。

第四の条件は、適度のあきらめである。

この世で思い通りの生を生きた人はいないのだ。それを思えば、日本人の九十九パーセントまでは、実生活において人間らしくあしらわれている。水道や電気の恩恵に浴し、今晩食べるもののない人も例外的にしかいない。

医療機関に到達できずに痛みに耐えている人もいないし、子供を通わす学校がないという人もいない。

それらはすべて、世界中の人が当然受けているものではないのである。世界には常に政治的な難民と呼ばれる人や、日本人と比較しようもないほどの動物のようなみじめさの中で暮らす貧民がいる。彼らと比べると、総じて日本人は人間として最低条件が整った生活をして生きてきた。もって瞑《めい》すべし、と私はいつも思う。

本当は社会の不平等や、親子の不仲や、友の裏切りは、人間としての人生の許容範囲の中にある。事故や事件で命を失うことは許容の範囲とは言えないかもしれないが、潜在的可能性の中にはある。

「ないものを数えずに、あるもの（受けているもの）を数えなさい」という言葉がある。

私はこの姿勢が好きだ。この知恵の満ちた姿勢でてきめん幸せになるからだ。

第2章

死と正面から向き合う時代がきた

キクウィートの悲劇

アフリカの生きる力

二〇〇九年三月の後半、私はアフリカのコンゴ民主共和国を三度目に訪れた。日本人がこの国を知らなくても別に不思議はない。商社の関係者でさえ、常駐する人は一人もいないという国である。コンゴ民主共和国はアフリカ大陸の中央部で赤道にまたがっている。日本から行くには、南アフリカ共和国のヨハネスブルクまでシンガポール経由で約十八時間、そこからさらに四時間北上する。乗り換えの待ち時間もあるから行くだけで約一日半はかかる。

独立してから五十年近くなるというのに、そして百科事典で見る限り、銅、コバルト、工業用ダイヤモンド、亜鉛、スズ、銀、カドミウム、マンガン、金、木材、綿花、ゴム、コーヒーなどの他、最近では石油もあることがわかったというのに、つまり日本人から見ると目をみはるばかりの豊富な地下資源や産物を持ち合わせているにもかかわらず、コンゴは一見貧しい国である。

この国は、既にこうした資源を使う権利と実益を、誰かに売り渡している、と言ってもいいのだろう。お金は為政者の利権と外国資本に握られていて、貧しい国民の頭上を通りすぎるだけなのだ。今はコンゴの資源を狙った中国人の進出がすさまじい。国民の一人当たりの収入の額は年間百六十ドル。「公務員の給料はもう去年の十一月から支払われていないんですよ」という情報も耳に入る。

かつて私が働いていた日本財団が編成したアフリカの貧困の実態を見る調査団に、私は自費で参加したのだが、この調査団には今でも正式な名前が決まっていないはずだ。ただその目的は明確である。つまりアフリカの奥地まで入り、徹底してその貧困の実情に触れることなのである。

参加者は中央官庁の若手や日本財団の職員が中心だが、彼らは土木や教育や開発途上国援助の専門家である。医師たちは熱帯病の現場を知るために毎回参加する。ジャーナリストが加わる時も多かったし、私のように全く別の目的を持つ者もいる。首都より数百キロも奥地に入るとなると治安も悪いから、場所によっては武装した現地の保安警察や軍の護衛を雇うのも常識だ。マラリアの恐れは常にあり、道も日本にはないほどの悪路だから、個人旅行は難しいので、こうした合同の調査の方が便利になるのである。

言葉も、フランス語だけではない。今回の旅ではコンゴ語、チルバ語、リンガラ語、スワヒリ語しか話さない人も多いのだから、日本で考える外国語通訳を同行しても、役に立たない。

私自身がコンゴ民主共和国に行かねばならなかった理由は、一つには私が働く海外邦人宣教者活動援助後援会（JOMAS）というNGOが、コンゴ民主共和国とコンゴ共和国（この二国はコンゴ川を隔てて隣接した別の国だ。コンゴ民主共和国はベルギー領、コンゴ共和国はフランス領であった）に教育や医療や福祉の目的で今までに約一億四千十万円を拠出してきた。そのお金が果たしてきちんと使われているかどうかを現地に行って確認するのも私たちのNGOの規定になっているので、私はコンゴを何回も訪れたのである。

それと同時に今回はひなびた地方の町、キクウィートにも行くことにしたのは、そこで一九九五年に爆発的に広がったエボラ出血熱というヴィールス性感染症の実態を知りたいからであった。この病気は七十七パーセントという高い死亡率を示し、一時は終息しかけたが、二〇一三年頃から再発している。

ここ数年、私の頭からはこの病気のことがどうしても離れなくなった。それは私に一つの文学的かつ哲学的なテーマをつきつけているようにも感じられたのだ。

突発的な地震とか津波のような異変なら、人間はそれを避けることができない。しかし短期間であるにせよ、奇病として次々に人が死んで行くという状況が発生すれば、或る程度その現場から逃げ出すことも可能だ。当時も感染を恐れて、病人や病院、またはその家族との接触を避けた人たちはいた。私はその現場も見たかったし、その病気から生還した人や看護しても罹《かか》らなかった人にも会いたかった。

こうした得難い機会を得られたのは、すべて、コンゴ民主共和国で働いている二人の日本人のシスター・中村寛子《ひろこ》と高木裕子《ひろこ》が、イタリアの修道会に連絡をとって準備してくれたおかげであった。この手筈《てはず》が整ったので、今回のメンバーには普段より多い三人の医師が参加した。

私は人生に起きるすべての事件について、いつも「私だったらどうしただろう」という問いかけと共に生きてきた。仮に私が、たまたま外国人の修道女としてかなり原始的な設備しかない医療施設で働いているとしたら、この劇的と言いたいような感染症の発見時にも、私は防護服どころか、感染を防ぐための手袋やマスクさえないままに、出血傾向のきわめて強い血まみれの患者に接しなければならないことになる。その危険を受け入れたかどうかということは、私にとって大きな踏み絵になるだろう。

アメリカにはこうした感染率の高い危険な感染症に対して、アトランタにCDC（疾病対策予防センター）という世界的な研究機関があり、そこでは、空気が外部に洩れないようにした陰圧装置つきの研究棟、俗に宇宙服と呼ばれる特殊フィルターつきのマスク、手袋、ゴーグル、靴カバーなどの着用も義務づけられている、というが、一九九五年に首都から約五百キロも離れた田舎町でエボラ出血熱が爆発的に蔓延《まんえん》した時、看護する人々は、患者の吐瀉物《としゃ》、血便、静脈注射の穴からさえ噴出する血液などを防御するための手袋さえなかった。

それがアフリカなのである。私が『時の止まった赤ん坊』という小説の取材のために、マダガスカルに行ったのは一九八三年だが、その時も、カトリックの産院で働く助産師のシスターの手袋には穴が開いていた。汚物を入れた器具の洗浄を手伝わせてもらっていた私の分の手袋は当然なかった。私はシスターの注意を受けてできるだけ血液には触れないようにしていたが、もちろん完全ではなかったろう。それでも私は、肝炎にもエイズにも感染しなかった。そのような無知な健康さに支えられてきたのが、アフリカの生きる力だったとも思う。もちろん勧められることではないけれど。

人間にしかなし得ない死に方

今回、私たちがキクウィートで泊めてもらったのは「貧しい人たちのためのベルガモの姉妹修道会」という北イタリアで創設された修道会であった。実にこの会から、修道女の看護師たち十人がエボラで倒れたのである。

私は途上国ではいつでも修道院に泊めてもらうようにしていた。田舎町にはどこでもいいホテルはない。アフリカの田舎の安宿《やすやど》では、部屋の中は家ダニとゴキブリだらけ、トイレの汚物は流れない、当然お湯など出ない、もしかすると水も出ない、ということになるだろうから、それくらいなら修道院に泊めてもらった方が、質素ながら清潔で病気にも罹《かか》らないで済む、と利己的に考えるのである。しかも宿泊料は三食食べさせてもらって一泊十五ドルとか二十ドルとかいう安さだから、日本財団が支払う貧困調査団の経費としても釣り合いが取れるというものである。

一九九五年のエボラ出血熱の流行の時に犠牲になった修道女のうちの三人はヤンブクという土地で、一人はヤロセンバで、残りの六人はキクウィートで死亡した。キクウィートで死亡した修道女たちのうち、最初の犠牲者はシスター・フロラルバで一九九五年四月二十五日に亡くなった。それからわずか一カ月余りの間に、クララ・アンジェラが五月六日、ダニエランジェラが五月十一日、ディナローサが五月十四日、アネルヴィラが五月二十三日、ヴィタローサが五月二十八日、と六人がたて続けに死んで行ったのである。

この修道会は、その名前が示すように、もっぱら恵まれない人のために働く修道会であった。発生はイタリアでも、現在の修道女の多くはコンゴ人であったり、他のアフリカの国の人であったりする。そして全部ではないにしても、その多くが看護師だったようだ。

修道女でなくとも、もし私が医師か看護師で、そしてキクウィートの「奇病」がただならぬ危険なものらしいと知った後で、そこへ派遣されることを要請された場合、私ならどうするか、ということが、私がこの病気が頭から離れない理由なのである。

おそらく彼女たちは迷うことはなかったと思われる。「友のために自分の命を捨てること、これ以上に大きな愛はない」（ヨハネによる福音書15・13）と聖書が書いているからだ。

他人のために命を捨てるなどという行為を認めるのは、先の大東亜戦争で軍部に利用されて戦場に追いやられた特攻隊の若者と同じ結果を招くだけだ、としか考えない日本人にはおよそ理解し難いことだろう。しかしカトリックの世界では、自分の命を賭けて他人に尽くすことを、犬死にとか愚かな死とか考えたことはただの一度もないのである。

カトリックの修道会は、しばしば命令として赴任地を示すことがある。アフリカのコンゴへ行きなさい、と修道院長に言われればその通りに行くのである。こうした修道会独特の基本的習慣はずっと変わらない。もっとも最近では、かなり個人的な希望や事情も考慮されるようにはなったらしいが、怖いところへは行かない、生活に不便な土地はいやだ、という人には、修道会を去るという方法が残されている。修道会は決して途中で修道生活を放棄することを止めることはない。

修道生活は、自分の意志で選んだ選択の結果なのだ。エボラの患者の世話を見続けることも、輝くような自由の選択の道なのである。危険を承知で任務を放棄せず、そのために結果的に死ぬ機会など、そうそうあるものではない、とさえ言える。それは動物ではない人間だけが示すことのできる一つの勇気で、それはその人に、きわめて人間らしい、人間にしかなし得ない死に方を与えることで、その人の生を完成させたのだと、私には思える。その姿を私はコンゴの自然の中に突き詰めに行ったのである。

最後の対談

がんを抱えた上坂冬子さんの境地

二〇〇九年四月十四日に、日本の戦後史に光を当て続けた上坂冬子《かみさかふゆこ》さんが亡くなった。

二〇〇五年に卵巣がんが発見され、無事に手術を終えた後、何回も体にこたえる抗がん剤の治療を受けていた。その間、私は電話でよくその経過を聞いていたのだが、彼女の話し方はさらりとしていて、少しも病気にめげているふうはなかった。

同じ頃、私は私で左足の足首を折り、まだ後期高齢者の範疇《はんちゅう》に入れられる直前ではあったが、健康保険をたくさん使ったことを申しわけなく感じていた。私の足首の構造は生まれつき欠陥があるらしく、それより十年前にも右足のほとんど同じところを骨折した。左右同じところを折るという律儀《りちぎ》な人物なのである。後で語り合ってわかったのは、二人とも入院期間をさらりと受け流して、上坂さんも私も入院の間中ほとんど仕事を休んでいないということだった。

上坂さんにいたっては、靖国神社に関する本を一冊、頭の中にある資料だけで書き上げたのだという。私は記憶力が悪いから、とうていそんなことはできない。私の入院生活は旧式のワープロを病室に持ち込み、けっこう書きもしたし、普段は決して開く気にならない英語の本を読んだりもした。つまり七十代後半にさしかかろうとしていた二人なのだが、共にしぶとく入院中も日常性を全く中断していなかったのである。

上坂さんはがんの再発に関してどれだけ深刻に受け止めていたか、私にはわからない。家族でない友人という立場で、そうしたことを軽々にコメントしてはいけないものだ、と私は思っている。ただ彼女の亡くなる七カ月ほど前に、私たちは或る出版社の企画で、二日間にわたって対談をした。題も彼女が『老《お》い楽《らく》対談』と決め、内容も編集者の出番がないほど幾つかの柱を立ててくれた。私は怠《なま》けて何もしなかった。その中で彼女が言っていることとは、いわば彼女の承認済みの内容なので、私は気楽に引用することができる。

私たちは三十年来の友人だが、こんなに長く、人生の問題を絞って語り合ったことはなかった。普段からべたべた会ったり、長電話をしたりするということもなく、会えばお互いに悪口を言い合う仲ではあった。「悪口は当人の前で、褒めるのはその人のいないところで」やると、少なくとも私ははっきり決めていたからである。

対談の場所は、自由が丘の彼女の家で、駅のすぐ近くの小さなビルになった建物のエレベーターで上った最上階の住まいだった。

その時、上坂さんは病気の再発を知っていた。しかしそれまで通りの仕事のテンポを全く変えようとはしていなかった。旧日本軍の戦死者の遺骨収集が捗《はかど》っていないことに心を痛めていた彼女は、近くガダルカナルに遺骨収集の人たちがでかけると聞いて、早速同行を申し込んだというので、私はいつもの通りけちをつけた。

「歩くのが嫌いな人が、遺骨収集なんて行けますか！」

「どうして」

「だって今まで発見されていない遺骨というのは、つまり人跡未踏《じんせきみとう》の場所にあるのよ。そんなところまであなたが歩けるわけはないでしょう」

私の家の玄関の前に七段ほどの階段がある。彼女は私の家で質素なご飯を食べるのは好きだったが、この階段を嫌がっていた。

「何よ。たった七段じゃないの」

私は同情がなかった。

私がけちをつけても、彼女はガダルカナルへ行き、帰るとまもなく、弟と妹を連れて今度はパリへ赴いた。

外国旅行に関しても、彼女と私は趣味が違った。私は行くとしたらヨーロッパかアフリカ。しかし彼女はアメリカが好きだった。ニューヨークではウォルドルフ・アストリア・ホテルに泊まる。弟妹を連れてフランスに行く時、私は彼女に言った。

「二人をファースト・クラスで連れてってあげなさいよ。姉ちゃんの評判は、それでうんと上がるんだから」

「そんなことするもんですか！」

甘い顔はできない、というういつもの調子で彼女は言ったが、羨《うらや》ましいような姉と弟妹の関係であった。この最後の旅行の時、上坂さんは既に体調が万全とは言えなかったようだが、それでも人生の計画を変えない性格の彼女は、帰国した時、救急車で成田から入院したと聞いている。同行した二人も辛かったにちがいないが、その旅は上坂さんの希望だったのだから、それを叶《かな》えてあげることがむしろ弟妹の義務だった。とにかく二人を喜ばせたいために企画した旅だったのだから。

その時の対談は、（私も一枚噛《か》んではいるのだが）やはり読みごたえがあるように思う。二人共、充分に死を意識する年になりながら、というか、その年になったからこそ、或る解放された意識にいることがよくわかるのである。今さら、背伸びして人によく思ってもらおうという姿勢が全くなくなっている。「死んでしまえば終わり」というのでもない。死だけが人間性の追求にこれだけの威力を発揮するのかと思うと、不思議な気もする。

つまり人生で死だけが嘘を許さない。健康な間、私たちには刻々自他を騙《だま》かそうとする意識がある。外見や話す言葉にも、人によく見てもらいたい、という心理的な操作が入る。最近では、入社試験の時、自分の才能を述べる機会を会社側が与えるが、それもその一つである。本当は多くの場合、人間は自分が言うほど有能なものではないのだが……。

人付き合いでも、経済的な行為においても、法廷でも、税務署でも、私たちは多分、自動的に、場面を自分に都合よく展開するために心を砕《くだ》いている。しかし死の前には、そうした一切のごまかしや配慮が全く不必要になり、無縁になるのを体で感じるのだ。実態は実態だ。それ以上でもそれ以下でもない。しかも現世には、あらゆることがあり得る。何が起きても少しも不思議ではない。

最後の『老い楽対談』で、私が改めて上坂さんと話していて楽だったのは、その点だった。二人とも、本当のことを喋《しゃべ》っている。自分をさらけ出しているが、その弱みは世の中でありふれたことであり、誰かがどこかで悩んでいるようなことだから、別に構える必要もない。しかし世間は、私たちを率直だ、飾り気ないと言うのである。

ものごとは軽く、自分の死も軽く見る

ただその中で一つだけ、上坂さんと私がやや食い違ったのは、上坂さんが自分には最後にやらなければならない大きな仕事がある。それは死ぬという仕事だ、という名言を吐《は》いたのに対して、私が、「死ぬことを大仕事と捉《とら》えてはいけないと思う。死ぬというのは、自分で自由にならない行為だから」と言っている。それに対して上坂さんは、「でも、自分にとっては大仕事じゃない」と答えていることだ。

主観的には上坂さんの言う通りである。誰でも、臨終で最も気になるのは、その最後の時間をうまく乗り切れるかどうかということだ。苦痛は自分にとっての一大事である。それはわかっているのだが、私は昔から、自分の身に起こるすべてのことは、もちろん死をも含めて、すべて「人並み」な苦労の範囲であって、決して一大事だと思ってはいけない、と自分に言い聞かせていた。

若い時に初めてマルクス・アウレリウスを読んだ時以来なのである。アウレリウス

は紀元二世紀のローマの哲人皇帝と言われた人だが、私が子供の時から感じていたことを、すべて書いていてくれていたのである。

「永からぬこの時を自然の性《さが》に従って生きとおし、オリーブの実が、熟すれば、自分を実らせてくれた大地を讃え、自分を生んでくれた幹に感謝しつつ、大地に落ちるごとく、心穏やかにその時を終えることである」

「存在しているもの、いま生起《せいき》しつつあるもの、それらの通り過ぎ消え去って行く速さに、しばしば想いを凝らすべきである。物体は、不断に流れてやまぬ河のごとく、活動は永続的な変化のうちにあり、（中略）ものみなは消滅し去ってゆくのである」

「おまえにはごくわずかな部分だけが分かち与えられている物質の全体を、また、おまえにはいわば瞬く間ほどの短い時間しか定められていない永遠の時を、さらには、この大いなる世界の運命を――この中でおまえはいったいどれほどの部分を占めているとでもいうのか。……本当に些少《さしょう》なものではないか。――この、大いなる世界の運命を、心に反芻《はんすう》し想いみることだ」

そしてこれに付随して、アリストテレスの『エウデモス倫理学』の中の一節も、しぶとく私の心を捉えて放さなかった。殊に次の一節は決定的だった。

「さらに、ものごとを軽く見ることができるという点が、高邁《こうまい》な人の特徴であるように思われる」

決して私自身が高邁な人物だと言っているのではない。私は一生に一度も「高遇」という分類に自分を入れたがったことだけはない。私は常に人並みであった。これだって図々しいことかもしれないが、私はそう思うことにしていた。さらに、私にはどこかに神の観念があったから、「そんなことをしたら助けてもらえない」と考えていた。なぜなら神は、義人《ぎじん》のためではなく、罪人を救うためにこの世に来た、とおっしゃっているからであった。

私が好きなのは「偉大な凡庸」という観念だったのである。それこそ、神の視線の中にいられる資格だ。アリストテレスの言葉は、その「偉大な凡庸」に該当した。自分の死さえも軽く見ることのできる人間になることに、少なくとも私は憧れた。戦後は人間の生死を「軽く見る」ことなど、裏切りであり、非人道的な罪悪だった。しかし私は他人の死は重く考え、自分の死は軽く考えたい、と昔から願っていたのである。

妻のある人は今から、ない人のように

「まだ当分生きる」は、無限に生きると思っていることと同じ

二〇〇六年の足の骨折以来、私は一時的に身障者になって、体の不自由とはいかなることかを実感した。負け惜しみではなく、これは私にとって、一つの貴重な贈り物であった。

別に今まで「御身ご大切」にして過ごして来たのではない。仕事上、数十回、途上国の奥地に入ったこともあるのだが、コレラに罹《かか》ったこともなく、マラリアを発症したこともなかった。コレラは、日本で患者が出れば大騒ぎだろうが、途上国では、いつでも慢性的に存在する病気である。マラリアはもう、その土地について廻っている

風土病だと言える。私はつまり、そういう途上国に行った時には、過食を慎み、できる限り怠《なま》けて、免疫の力を失わないようにしていたのである。

私が不潔にも鈍感で、肉体的に病原菌にも強いということは、確かに恵まれたことではあったが、今まで内臓の病気をしたことがないという現実は、一種の偏った生活だったという言い方もできる。病気がいいというのではないが、人間の一生は、病気と健康が抱き合わせになっていて自然なのである。健康がいいのは当然だが、寝込んだこともない、というほど健康なのも、偏っていると言わねばならない。一面では、人間の苦しみと悲しみに対して鈍感になっていたはずだ。その弱点を怪我は一挙に取り返した。

人間だけが、遠い先の死を考えることができるが、動物にはそれがないと言う。しかし私が訪ねたことのあるたくさんのアフリカの土地では、村で祝いごとがある度に、必ず行事として家畜を屠《ほふ》って、村中のごちそうに供する習慣があった。その一部始終を見ていると、動物も死を予感するような気がする。犠牲となる動物は引き出されるとまもなく眼つきが異常になり、放尿や脱糞《だつぷん》をし、普通の行動ではない緊張を示すのである。目先に迫った死は、動物も認識するのではないかと思う。

人間は、死に至る病を宣告されない限り、「まだ当分」生きるような気がしている。「まだ当分」ということは、ほとんど無限に生が続くことで、死は認識できていないということなのだ。

私も足を折らないうちは、歩けない人のことなど、ほとんど考えたこともなかった。母が老年になって歩行が困難になると、私は当時はまだ世間では珍しかった「自家用車」で外出をさせようと思い、まず運転免許を取った。それから貯金が足りなかったので、母にも少し借金してセコハンの車を買った。しかし私の意識はあくまで運転手の立場であり、車がなければ移動しにくい人の視点に立ったものではなかった。

しかしこの世で私たちが手にしている物質も状態も、すべて仮初《かりそめ》のものであることは間違いない。津波や地滑りに遭った人たちは、一時間前まで住んでいた家が突如として消え失せ、それだけでなく、そこに家族として当然いるべき人たちまで失われたことを知るのである。つまりその人が信じていた歴史も生活も瓦解《がかい》したと言うべきか、雲散霧消するのである。そんな過酷な運命もあるということだ。

もし私たちが、牛や羊と違って、遠い未来を予測する力を持つなら、私たちは今の状態、つまり生の状態だけを信じるべきではなく、遠い死をも予測して生きる他はない。矛盾するようだが、その双方を両手に持ちながら生きる人間を承認してこそ、人間なのだ。

在原業平《ありわらのなりひら》は「つひにゆく道とはかねてきゝしかど　昨日今日とは思はざりしを」と古今和歌集の中で詠んだ。その時の彼の姿は「病して弱くなりにける時よめる」という状況が記されている。

『平家物語』がこの世の無常を訴える「祇園精舎《ぎおんしょうじゃ》の鐘の声、諸行無常の響あり」という言葉で始まることは有名である。この一句がなかったら、「平家物語」もこれほどの愛読者を獲得しなかったのではないか、と思われる。

「沙羅双樹《しゃらそうじゅ》の花の色、盛者必衰《じょうしゃひっすい》の理《ことわり》をあらはす。おごれる人も久しからず。唯《ただ》春の夜の夢のごとし。たけき者も遂にはほろびぬ、偏《ひとえ》に風の前の塵《ちり》に同じ」

ただの名文句ではない。このような文句が、日本人にしみじみ受け入れられる素地があったのだ。しかしアメリカ人やフランス人もそうなのだろうか。私にはよくわからない。

もっとも私はカトリックの修道院経営の学校に育ち、これとよく似た表現を始終耳にした。

「私たちは、永遠の前の一瞬を生きているだけです」

「この世は仮の旅路に過ぎません」

こういう言葉を子供の時から聞いて育ったのだ。自然、人間形成に大きな影響を受けても仕方がない。

生も死も、深くは信じない、という態度を私はとるようになった。仮に医師から、予後がよくない病気だと言われても、生きているうちは死んでいないのだ。言葉を換えて言えば、死ぬ日まで誰もが生きているのである。とすれば、今日は生に所属する日であって、生きながら死んでいる日ではないのである。

すべてを仮初《かりそめ》のものと思うこと

四十歳近くなってから、私は聖書の勉強を始め、やがて聖書の中で、書簡として扱われている聖パウロの手紙にぶつかった。

パウロはイエスの直接の弟子、十二使徒には数えられていない。イエスを迫害する側に廻っていた頃、ダマスカスの近辺で落雷のようにイエスの存在に打たれた人である。彼は光に貫かれ、自分を呼ぶ主《しゅ》の声を聞いた。もっともこういう神霊的な邂逅《かいこう》を、理性的な人は「出会った」とは言いたくないのかもしれないが、パウロはその直後から回心し、初代教会を作るのに大きな功績を残したのである。

私がパウロに惹《ひ》かれるのは、その類《たぐい》まれな表現力の故である。光に打たれ、主の声を聞いた時から、パウロは三日間盲目になり、現世の自信をすっかり失って失意のどん底にいたが、やがて主の使いと称するアナニアという男の来訪を受けて視力を回復し、洗礼を受けた、ということになっている。

パウロの生涯は過酷なものであった。迫害され、長い旅の途中何度も命の危険にさらされ、投獄され、やがてローマで殉教したとも言われている。パウロはキリスト教徒となると、既に現世の人ではないイエスの思想と行動に、徹底して殉じて生きたのである。

「わたしはこう言いたい。定められた時は迫っています。今からは、妻のある人はない人のように、泣く人は泣かない人のように、喜ぶ人は喜ばない人のように、物を持つ人は持たない人のように、世の事にかかわっている人は、かかわりのない人のようにすべきです。この世の有様は過ぎ去るからです」(コリントの信徒への手紙一7・29〜31)

これほど短い文章の中に、凝縮して現世を捉えている文章はそれほど多くはない。

自分の置かれた状況、人間関係、行動、すべてを仮初のものと思えということなのだ。ことに大切なのは、ものごとに関わっていても、関わりないように生きるべきだ、という忠告である。家族団欒《だんらん》の幸福に酔ってもいいのだが、それも長く続くかどうかはわからない。今現在直面している不幸からもう立ち上がれないと思ってうちひしがれている人も、この幸福がずっと続くに違いないと信じている人も、それらはすべて迷妄《めいもう》である。

自分が関わっている状況を信じている人は実に多い。自分が参加している政治的基盤、自分が作り上げた事業、自分が作り上げた人脈など、どれも個人にとっては大切なものだ。しかしパウロはそれらのすべて自分が関わって来たものを信じてはいけない、と言う。

或る人が権勢の座にいる間には、尻尾《しっぽ》を振ってついて来る者は多い。しかし一旦失脚したら、もう洟《はな》もひっかけなくなる人がほとんどだ、という話はよく聞く。その失望から遠ざかるためにも、深く世の中に関わらないことだというのが、パウロの知恵である。

私は今まで、権勢のただ中にあるようになった人とは関係を中断して来た。それとなく、ご遠慮して遠ざかったのである。そういう人は極めて多忙になったのだから、私との付き合いのような個人的な交際に時間を割いてはいけない、と相手の公人としての時間を尊重したのである。

しかし本当に気が合う人との間では、友情がそのまま切れることはなかった、と思う。その人が権力の座から遠ざかるか降りるかした時、私はまた友情を再開する機会を作ることが多かった。今度はもう相手の立場をそうそう気にすることもない。お互いに一介の気楽な市井人《しせいじん》なら、友情もまたのんきなものである。

パウロの表現は強く見事である。

「今からは、妻のある人はない人のように」振る舞えと言う。妻もいつかは死ぬ。或《ある》いは現代風に言うと、「妻だっていつ愛人を作るかしれないよ」「いつ、離婚を請求するかわからないよ」ということなのだろうか。心の中でいつも失うことを前提に考えていろ、と言う。これは確かに動物のできることではない。

物を持つ人に対しても同じだ。たとえ、現金、不動産、宝石、美術品などを持っていても「持たない人のように」生きるべきなのだと言う。それなら、初めから持たなくても同じじゃないか、とも言えるが……。

アメリカなど、銃を持つ社会では、金持ちは外出時に高価な装身具など決して本物の宝石を身につけない。自分が持っているお宝の宝石と同じデザインの偽物を作らせて、それを身につけて外出するという話を聞いた時には、もしそれが本当なら最初から本物がないのと同じじゃないか、と私はおかしくてならなかった。

パウロはどうして初代教会の信者たちにそのように懐疑的に生きる姿勢を教えたのだろうか。なぜなら誰にとっても「定められた時は迫って」いるからだ。つまり誰でもが年齢に関係なく、死とは常に隣り合わせにいるからなのだ。

死を目前にした時、初めて私たちはあるべき人間の姿に還《かえ》る。それを思うと、死の観念は、人間の再起であり、覚醒《かくせい》なのである。

期限つきの苦悩

音信の絶えた奥さん

もう大分前のことになるが、私の心に気になって仕方がない一人の人の存在があった。

手紙でしか知らない人だが、その家族環境が厳しかったのである。

息子という人はもう充分な大人で――というより、中年という感じで――統合失調症であった。急性の病気と違って、昨日今日発病したのではないだろうから、もう長い年月、ゆっくりとした経過を辿《たど》って少しずつお互いを理解できなくなっていったのだろう。現在では、息子は「一人の世界」という繭《まゆ》の中に閉じこもり、恐らく他者の存在というものが意識の中になくなっていたのだろう。

何が寂しいと言って、私には利己主義者を見るほど心が滅入《めい》ることはない。もちろん私たちは誰でも多かれ少なかれ利己主義者なのだ。自分が犠牲になって他人の辛さを引き受けるどころか、自分さえ少しでも楽なら「ああ、よかった」と思うのが普通なのである。しかしそれでも一家の中に、自分の都合しか全く考えない家族がいたら、私ならそれほど悲しいことはない。

この女性も、どこの親もがそうするような努力をしたに違いない。治療の方法を模索し、励ますことや、遊びや仕事を通じて、何とか本人に生きる目的も与えられないか、社会のお役にも立つようにならないか、と試行錯誤をくり返したろうと思われる。手紙の文面は温かく、礼儀正しく、どうしてこういう人がこういう運命に苦しまなければならないのか、と思われるほどだったから、私は、会ったこともないその人が忘れられなくなったのである。

この女性のもう一つの苦しみは、夫とも苦労を分かち合えないことだった。どんな悲しみも、分け持ってくれる人がいるとかなり違ってくる。分け持たないだけでなく、夫もまた、いつも不機嫌で、気にいらないことがあると暴力を振るうような人だった。もちろん夫も、ひとり息子の病気に苛立《いらだ》ったから、不機嫌だったのだろう。就職もせず、結婚もせず、うちに引きこもって、収入もない。自分たちが死んだ後、この息子はどうなるのだろう、と思うと、絶望のあまり、奥さんに当たったのかもしれない。

しかもこの夫婦の場合、こういう息子を生んだのはお前のせいだ、と言わんばかりの会話もあったらしい。もちろん息子は父と母の性格の合作である。仮に母方にだけ悪い遺伝的要素があったとしても、それを今さらなじっても致し方ないことだ。それより、現実の運命をいっしょに耐えていき、少しでもいい方へ導いていこうとするのが普通の夫婦だ。

この奥さんは、だから家の中で孤独だった。どんなふうにして毎日を生きていたのだろうか。もちろん人間というものは、いかなる場合にも、自分を救うようにできているから、何か気晴らしの種として自分一人の楽しみを見つけていたかもしれない。

何も詳しい事情をわからずに、他人が同情することも失礼に当たるだろう、と私の思いは堂々巡りをするばかりだった。

この女性の住んでいるのは、東京から遠い地方だった。経済的に苦しいという訴えは一度もなかったから、私は最低限の救いはこの一家にあるのかな、と思うこともあった。

どれだけ経《た》ったか、気がついてみると、この女性からの便りは絶えていた。いい方に考えることができないでもない。息子がどこか施設か病院に入って、手紙の主の肩の重荷の一部だけが、取り除かれたということだってあり得た。或《ある》いは文句ばかり言う夫が、何かの理由で家にいなくなったのかもしれない。しかしそれなら、この女性は私に知らせてきそうな気もした。これだけはっきりと音沙汰がなくなるというのは、ごく普通に考えると、この女性が亡くなったと見るのが自然かもしれなかった。

解決であり救いであるという死の機能

一般的な言い方になるが、最近の日本人は、幸福で当たり前、ということになっている。しかし戦前の私の子供時代、現世は「不幸が普通」だった。あっちにもこっちにも、食べていけない人、一家の働き手がアル中の家、結核で死にかかっている秀才の息子を見送ろうとしている親など、胸の痛む情景がいくらでもあった。

昔の暮らしは、親子心中か物乞《ものご》いをするかが、最後に行き着くところだと誰もが思っていた。救ってくれるのは親戚だが、それにも限度がある。救いは、慈悲の心で一食を恵んでくれる人を当てにするほかはなかった。

実に国家が貧しい人を食わせるのが当然だというような発想は、ごく最近のことなのである。最近の新聞記事によると、政治家は皆が「安心して暮らせる社会」を約束するし、若い新聞記者たちも、国家というものは「安心して」その人が生きられる手当てをするのが当然だという論調である。

もちろん私もそうなればいいと思う。しかしそんなことは、全世界であり得ないことなのだ。戦後の日本は、殊《こと》に住環境がよくなった。私が育ったのは中産階級のごく普通の生活者の家だったが、天井にも壁にも断熱材など入っていないから空気は洩れ、戸障子も隙間《すきま》だらけで冬には寒風が吹き込んでいた。そんな光景は今はなくなってしまった。プレハブの似たような合理的な家が、北は稚内《わっかない》から南は鹿児島までずっと続くようになった。ということは、まあまあ普通の地道な生活をしていれば、狭いながらも自分の居住空間を持て、うちにお風呂も水洗トイレもある暮らしが可能になったということだ。しかし弱者に優しい新聞記者は、どんな計画性も持たなかった人にも、安心して住める家を持たせるのが政治の義務だというので、私などはびっくりしてしまうのである。

今は弱者が一番強い時代なのだと思うことはしばしばある。私たちが川ぞいの土手に家を建てたら、すぐに追い出される。しかしホームレスの青いテントが荒川放水路の岸に点々と連なっていたのを私は見ている。私でも一度は住んでみたいと思うような絶景の場所に、彼らは、税金も払わずに住むことを許されるのである。

暴力を振るう性格は、つまりは弱さから来るのだが、家庭内暴力は、そのまま弱者が強者になっている状態だ。ひきこもりオタクが、大学にも仕事にも行かない。無理に行かせれば自殺する、秋葉原の電気街で刃物を振り回して通行人を襲ってやる、などと言って家族を脅せば、それでも毎日家を出て行かせる方法は誰にもない。家族は言いなりになって、食事を運び、腫《は》れ物に触るようにそのわがままを許す。暴力を振るったり、自殺を恐れて誰もが沈黙する他はないのである。

その女性の思いを、もう少し聞いてあげればよかった。と今になって私は思う。私は自分の生活にかまけていた。忙しくてこまめに手紙を書く余裕もなかった。それにおざなりの慰めも嫌だった。ごく稀《まれ》に、私の本を送るくらいが精いっぱいだった。

理由はないのだが、私はその人はもう亡くなったような気がしている。だから手紙も来ず静かになったのだ。そして、結果的にはそのような解決の仕方しかなかったのだろう。なぜその人は、家庭を捨てて、逃げ出さなかったのか、と思う瞬間もあるが、それはやはり彼女にはできなかったのだ。

夫だけだったなら、彼女は逃げていたかもしれない、と私は思う。しかし息子がいたから、彼女は毎日の生活を見捨てるわけにはいかなかった。しかし息子はあくまでも冷たくて遠い存在だった。息子であるだけに、そのことが骨身に染みるほど悲しかったろう。

そして私は、彼女の死を、少しも悲しんでいないことに気がついた。最期の日まで、妻として母としての責務を果たせば、彼女の人生は或る意味で成功だったのだ。

死ぬ他に、逃げ出せない境遇というものは、今でもれっきとしてこの世にある。

今は生活保護というものがあるから、人間は餓死《がし》からは救われた。

生活保護を受けるようになってから、すばらしく明るくなり、それまではできなかった歯の治療を再開した人もいる。医療費はすべてただなのだという。アル中の人の中には、生活保護のお金を受け取れば、その足でお酒を買いに行く人もいる。そして幸せになって飲み続ける。我々国民は、こういう人のためにも税金を払わされるのだが、それでもどうにもできない。しかし考えてみれば、その人にとってアルコールが体内に入るということが、生きる実感なのだ。弱者が実は強者である実例だ。

私は今でも、そして誰にとっても、死ぬしか解決がつかない状態というものがある、と思っている。皆が助け合って、困った人を救うというのは美しい話だが、そのような美談はいつも成立するというものではない。それは出来の悪いテレビドラマの筋で、すぐにばれるような嘘がある。だから少し賢い人は、そんなお伽話《ときばなし》のような解決策を期待してはいない。これは私が、不仲な両親の間で育った子供時代の実感だ。そしてそういう時、人間はたとえ子供でも、救いに希望をかけられず、一番いい方法は、自分に死が与えられることなのだ、と考えているのである。

今でも、死は実にいい解決方法だと思う場合がある。自殺はいけない。人殺しもいけない。しかし自然の死は、常に、一種の解放だという機能を持つ。痛みや苦痛からの解放だという場合もあるし、責任や負担からの解放である場合もある。周囲の人に、困惑の種を残して行くという点で無責任だという場合はあるが、死ぬ側にとっては、自然に命を終えれば、死は確実な救いである。

こうした死の機能を、私たちは忘れてはならないと思う。

どんなに辛い状況にも限度がある。つまりその人に自然死が訪れるまでである。期限のある苦悩には人は原則として耐えられるものだ。だから私たちは、自分の死を死に易《やす》くするためにも、もし今苦しいことがあったら、それをしっかりと記憶し、死に臨《のぞ》んでそれらのものから解放されることを深く感謝すればいいのである。

死ぬ覚悟を持つ

先日、或る高齢の医師と話し合っていたら、最近目立つのは、高齢者が勉強不足だという点だと言う。高校か、大学か、とにかく勉強を終えてから、もう何十年と経っている。その間、確かに人生経験は増えたろう。多くの人に会っているのも事実だ。しかしその割には、本も読まず、ものを考えるということもせず、老年は呑気《のんき》に暮らせばいいと甘えた考えをしている年寄りが多いのだ、と彼は言う。

驚くのは、自分が死ぬとは思っていないらしい老人もいるのだと言う。政府がもっと医療福祉に力を注ぎ、難病が治るような新薬が開発されれば、まるで死ななくて済むほど長生きができる、と漠然と考えている高齢者が恐ろしく増えたのだと言う。

しかしどんなに医療設備がよくなっても、必ず人はいつか死ぬ。その基本的なことを認識させるような老人の勉強会が必要なのだ、とその人が言うのがおかしかった。

私がかつて、毎年のように行っていたアフリカの諸国は貧しいから、どんなに年が若くても「病気になれば死ぬ」と誰もが覚悟している。医師にもかかれず薬も買えないからだ。

まず国家が、健康保険などという経済的組織力を持っていない。貧しい人は、診断書を書いてもらうにも、注射一本打ってもらうにも、その都度自費で払わなければならない。また仮にお金があっても、抗生物質など手に入りにくい国もたくさんある。そういう国には、コレラも出れば、細菌性の下痢疾患なども日常的にあるから、抗生物質がなければ死ぬことも多いのである。

長年、食べるのに事欠くこともなく、一応満ち足りた生活を叶《かな》えてもらいながら、日本の老人の中には、知恵にも覚悟にも欠ける人が出てきているというのは皮肉な結果である。一時期、「生涯教育」という言葉や概念がはやったが、最近は改めて「老人教育」が必要になったと感じている人もいるらしいというのはおもしろい現象だ。

第3章

最期《さいご》まで自分らしくあった時、見事な死が訪れる

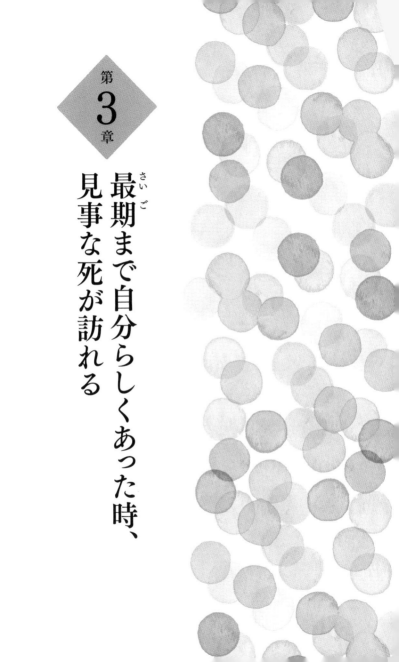

後悔を避ける方法

ドクターが聞き取った二十五の悔い

少し前に大津秀一《おおつしゆういち》さんとおっしゃるドクターが、『死ぬときに後悔すること25』という本を出された。この方は緩和医療がご専門なので、既に一千人もの死を見届けてこられたという。

その体験から、死に直面した人たちが、あれをしておけばよかった、これをしなかったことが悔《く》やまれるという形で悔恨を残した項目の中から、多かった二十五項目を挙げ、まだ生きている人たちは、今のうちに後悔の種を残さないようにしなさいという警告のようである。

自分でも驚いたことなのだが、実は私はこのドクターが挙げられた二十五項目をすべて果たしている。決してお得意になっているわけではない。その理由は後に述べる。しかし私は多分その二十五項目が薄々わかっていたので、後悔しないように、逆らわずに、人生の針路の舵を取ってきたのだろう。

「たばこを止《や》めなかった」とか、「健康を大切にしなかった」とかいうことが、その中には含まれている。私はたばこを吸わないが、それは健康を考えてのことではなく、気管支に関する故障が多かったからである。つまりお腹は丈夫でも、呼吸器には自信がなかったので、とてもたばこは吸えなかったというだけのことだ。

しかし私は健康のためにはいたし方なく、ずいぶん時間もお金も使った。視力が衰え続けた四十代は、頭痛と肩こりと低血圧に悩まされた。私は指圧を受け、漢方の本を読み、鍼《はり》に通い、瀉血《しゃけつ》療法を試みた。その結果、私は漢方を自分の場合だけは素人の範囲で使いこなせるようになった。その当時、毎晩のように読んでいた漢方の本は、綴《と》じ目が崩れてばらばらになるほどに読んだ。頭痛を治すために鍼の治療を受け続けているうちに自分でも打てるようになった。私は心のどこかで、盲目に近い視力しかなくなる日が来ることも恐れていた。そうなった時、指先に眼がついているのではないかと思うほどつぼを見つける才能を持っていることにも感謝した。これなら鍼灸師《しんきゅうし》になれるだろうと思ったのである。当時はどこへ行くにも鍼を持って歩いて、頭痛を鍼で取っていたものだ。そうでなければ私は頭痛薬中毒になっていただろう。

私が健康を求めたのも、私の仕事が、肉体の不健康に一番弱かったからである。

或る日私は、突然自分にはもう才能がなくなったような気がした。机の前に座るのもだるく、座っても楽に書けない。そんな日でも、本は楽に読める。内容もしっかり頭に入る。階下に下りたついでに、台所の前を通り掛かり、お惣菜《そうざい》の一つや二つ作る気になることもある。そのうちに私は書けない理由を、「ああまた喉《のど》が悪くなっているんだ」と気がつく。つまり軽い風邪を引いているのである。この手の家事は少々の不調でもできる。講演など、熱が三十八度あっても、足を骨折して三時間の後でも、できる。これは体験からわかったことである。しかし小説を書くという仕事は、何よりも肉体のコンディションが最上でないとできない、ということを、私は発見したのである。だから私は健康を保つことにかなり熱心だったのだ。

その二十五の項目の中には、「故郷に帰らなかった」「自分のやりたいことをやらなかった」「夢をかなえられなかった」「美味しいものを食べておかなかった」「行きたい場所に旅行しなかった」などという項目もある。自己犠牲的な生涯を送った人は、多分このどれかを必ず体験しているのだろう。

私は自分が三歳くらいの時から育った土地に今も暮らしている。何度もそこから出て行くのが当然だ、と考えたことがあったのだが、周囲がすべて私がそこに留まることを望んだから居座ってしまった。私は故郷から出なかったのだ。

私のやりたかったことと夢は、たった一つ小説を書いて生きることだった。それがかなえられた理由には、幸運が八十パーセントを占める。残りの二十パーセントは、私の性格の中に、一つことを何年も続けてできるという鈍重《どんじゅう》さがあったからだろうと思う。つまり人間がやや鈍感で、一つことを何年でも続けてやれる性格さえあれば、どんな仕事でも普通程度の一人前にはなるのである。

私は仕事がら、美味《おい》しいと言われるものを食べる機会もあった。社長さんか政治家しか普通出入りできないような料亭にも行ったことがある。しかし私は評判で美味しいと思うことはなかった。美味を味わわせる最高の条件は空腹と健康、それに自分の好みを持つことである。私は今自分で畑を作って新鮮な野菜を採り、ほとんど毎日のように自分で料理もしているから、素朴ではあるが、美味しいものを自分も食べ家族にも食べさせられる。今日私は、かぼちゃを採ってすぐに煮た。新鮮なかぼちゃは大きく切っても五、六分で煮える。そしてまだ命の香りと味を残している。

最近始めた「会いたい人に会っておくこと」

行きたい場所に旅行することは確かに一種の贅沢《ぜいたく》だった。私の行きたい場所の一つには砂漠も含まれていたのである。私は五十二歳の時、長い年月砂漠に惹かれている友人五人とサハラを縦断した。サハラに行くことは、ニューヨークやパリに行って遊ぶよりお金がかかる。特殊な車輛を用意しなければ危険だからである。

一口にサハラ縦断と言うが、ラリーと違う走り方には、それなりの難しさがある。普通の乗用車ではなく、一台が故障した時の安全も考えて、少なくとも二台以上の四駆で車列《コンヴォイ》を組まねばならない。ラリーなら、途中の水も食料も、何より大切なガソリンも主催者が中継地で供給してくれるのだろうが、私たちは自力で踏破するのだから、途中千四百八十キロ、完全な無人の、水一滴ない砂漠の深奥の部分を、自力で脱《ぬ》けなければならない。四駆は日本で買って、特殊な装備を施した上で現地に送った。

原則として私は一人旅が好きなのだが、砂漠には一人で行けない。参加者はそれぞれの特技を持つ人々だった。カメラマン、考古学者、メカニックス、電気の専門家、自称調理人などである。知人たちは、「そんなことをしたら、砂漠で大喧嘩をして帰ってきますよ」と予言したが、このグループは今でも年に何回かは忙しい時間を割いて会っている。

私はそれまで三十年近く、自分で原稿を書いて働いてきた。その間酒場通いもせず、着物道楽もせず、これが初めての無駄なお金を使うチャンスだった。私は好きなことのために生涯に一度大金を使ったのである。

私は初めて砂漠の運転を覚え、原則一日に六時間以上、一台の四駆を運転した。その間に砂漠で満月を迎えた。あまりの月の明るさに眩しくて眠れない夜であった。現実には、私は何日も顔も洗わず、歯も磨かず、服も着替えなかった。普通の人なら、やれと言われても避けたいことに私は大金を払ったのだ。しかし運命はおもしろいもので、この一見無駄遣いに見えた体験が、五十歳以後の私の創作の世界を考えられないほど広げてくれた。

だから「仕事ばかりで趣味に時間を割かなかった」ということも私にはなかった。机にばかり向かっていると、自分の心がどんどん痩せていって、書くこともなくなる、ということが、比較的若い頃から本能的にわかったからだった。もっともこれは、倫理性も常識もなくて済む作家という職業にして初めて許された生き方であろう。

私の感覚では、人生は無駄を含んでいてこそ深くおもしろくなるのであった。失敗も迷いも共に要《い》る。病気になることもある。それでいいのだ、と私はいつも心で呟いていた。

他にも幾つもの項目がある。

私がしなくて済んだことの中には「悪事に手を染めたこと」と「感情に振り回された一生を過ごしたこと」があった。小さな感情の乱れはいくらでもやった。悪事ではないが、「これ以上はお手上げ」という感じで、すべきかもしれなかったことをさぼったこともある。私は家族や社会や国家に大まかな針路を守られていたからそれができた、とも言えるし、その程度の保護は、現在の日本は誰でも受けられるものだった、とも言える。

二十五項目の中に「自分が一番と信じて疑わなかったこと」というのがあることに、私は実のところびっくりした。じっと周囲を見れば、自分が一番でないことほど簡単にわかるものはない。

私は自然に結婚して子供を持ち、孫も生まれた。平凡こそすばらしい、と思い続けて来た。「記憶に残る恋愛をしなかったこと」も後悔の一つに該当するという。私は大人になってから、ずっと私の会った人々に「恋をし続けていた」と言ってもいい。私の場合、恋は敬意と感謝に裏付けされている。そしてそんなことを私は一々相手に言って波風を立てなかっただけだ。だから私の恋愛はことごとく「秘めたる恋」だったと言ってもいい。ずるい言い方だが、「秘めたる恋」には失恋がないのである。そして私は最近、「会いたい人に会っておかなかったこと」を後悔しないために、それとなく心に残る人たちに会いに行くことを始めた。その相手は男性だけでなく、女性も含まれる。そうすれば「愛する人に『ありがとう』と伝えなかったこと」を悔やまずに済むだろう。

「自分の葬儀を考えなかったこと」も「遺産をどうするかを決めなかったこと」もない。いずれも瑣末《さまつ》なことだからだ。私の最高の幸せは「神仏の教えを知らなかったこと」という項目に該当しなかったことだ。私は子供の頃から、神の存在を身近に感じていた。神はよく理解できなかったが、神の概念こそが、人間の分際を知らせてくれた。

夢の代金

マイケル・ジャクソン最期の夜

二〇〇九年六月二十五日に、ＭＪと呼ばれてきたマイケル・ジャクソンが死んだ。こうした伝説的人物というのは、まともな性格ではその任に堪《た》えないらしい。というか異常な偏執狂的性格が、凡庸《ぼんよう》な我々には神秘的に思えるのかもしれない。

伝説的人物といえば、マリリン・モンローの場合も、遺体のそばにだらりと垂れ下がっていた電話の受話器で会話をしていた相手は、ケネディ大統領だったとか、さまざま推測や噂が流れたものである。

ＭＪの死に関しては、後から後から「真相」なるものが出てくる。彼が比較的近年傭《やと》い入れたのはコンラッド・マレイという医師で、千五百万円の月給でMJの所で働くまでには、いかがわしい前歴もあった、というような記事を、私はシンガポールの美容院備えつけの雑誌で読んだこともあるような気がするのだが、今は確かめようもない。

間違いないことは、MJが不眠症に苦しんでいたということだろう。イギリスでの公演を間近に控えて精神が昂《たかぶ》り、とうてい眠るどころではなくなっていたということは、容易に考えられる。

まさに地獄のような夜の戦いである。八月二十六日付の『ザ・ストレーツ・タイムズ』によれば、次のようになる。

死の当日、午前一時半、鎮静剤ヴァリウム十ミリを服用。

午前二時、別の鎮静剤《アテイヴァン》二ミリを静注点滴。

午前三時、更に別の鎮静剤《ヴェルセッド》二ミリを点滴。

午前五時、鎮静剤《アテイヴァン》二ミリを点滴。

午前七時半、鎮静剤《ヴェルセッド》二ミリを点滴。

午前十時四十分、リドカインで希釈した麻酔剤《ディプリヴァン》二十五ミリを点滴。

午前十時五十分、マレイ医師が数分間ＭＪの部屋を離れ、戻ってきてみると、彼は既に息がなかった。ただちに鎮静をほどくための興奮剤が与えられたとされている。

しかしＭＪは、遂に蘇生《そせい》しなかった。素人《しろうと》がこうした記事を読むと、手術用の麻酔に匹敵する強さの麻薬が射たれたような気がするが、医療関係者によると、ＭＪくらいの体格の人間に二十五ミリの麻酔剤を使っても、通常ならただちに死に至ることはない、という。

とにかく午前二時から始まった「眠れない」「眠らせてくれ」「何とかしてくれ」という悲鳴も聞こえそうな戦いが、医者と患者の間でくり拡げられたことは事実だろう。

この医者は六週間もの間、毎晩五十ミリの麻酔剤を静脈への点滴で与えていた。しかし中毒になることを恐れて、二十三日からは二十五ミリに減らし、代わりに鎮静剤を与えた。これが思いのほか効を奏したので、マレイ医師は次の日から麻酔剤をやめ、二種類の鎮静剤を使うようにした。二十五日にも彼は鎮静剤のみを与えたのだが、ＭＪは眠れなかった。午前十時四十分になって、やっと彼は麻酔剤を射つことに踏み切った。

ＭＪの資産はよくわからないという。死後ＣＤなどの売り上げは飛躍的に伸びているのだろうし、少なくとも死んでみたらすっからかんということではなく、やはり莫大な財産を残して死んだのだろうと（今のところは）思われる。

彼は晩年（結果的に見ての話だが）、金を残した。しかし彼の不眠症という病一つ、どんな金力をもってしても治せなかったのである。

老後、というか死ぬ頃と死ぬ時に、金が要るという一種の信仰は定着している。

私よりはるかに年上だった或る作家の母は、息子が功なり名遂げても、それを信じなかったし、それに頼りかかろうとはしなかった。その意味では見事に自立した方だった。

亡くなった後、息子は母が蒲団《ふとん》などを入れていた押入れの内側に、小さな布袋がぶら下げてあるのを発見した。中を見ると、三千円がお札で入っており、「葬式代」と書いてあった。

この母が、何歳で何年頃、自分の葬式代を残さねばならないと考えたかは不明である。しかし或る日老母はその用意をした。改まって現金を渡せば、息子は笑って受け取らないであろう。しかし自分の生涯の始末の一部は、自分でしなければならない、という賢明な母の判断は変わらなかった。

「おもしろいね、三千円だよ。三千円で葬式が出せると思ったんだ」

と息子は笑った。しかし「昔」の三千円は大金であった。いつの時代の貨幣価値で考えると、三千円は現代のいくらに相当するか判断することはできないが、それでも私は、それが三百万円に近い力を持っていた時代を想像できる。息子は母が無一文で死んでも立派な葬式を出せたし、母のお金の価値の狂い方を世間に向かっては温かく笑って見せたが、その背後にはやはり賢母の俤《おもかげ》があった。

子供たちの世話にならないように、と考えることは基本として大切だが、運命も金も、人間に正しく予測することはとうてい不可能なことなのだ。

マリリン・モンローと共に眠るお値段

私は英語の勉強のために英字新聞を取っているのだが、初めは新聞として英語で書かれたものを手にするだけでうんざりしていた。つまり学力不足でよくわからないのである。何もこんなわかりにくい記事を読まなくたって、今日一日は過ぎるのだから、という言い訳で私は始終読むのをさぼっていた。当時取っていた新聞がイギリスの『ガーディアン』というハイ・ブラウな新聞だったから、外国人の私にはわからなくても当然の、ずいぶん気取った文章だったのだろう。この新聞は一八二一年創刊の週刊新聞紙『マンチェスター・ガーディアン』がその前身で、十九世紀末から二十世紀初頭のボーア戦争、一九五六年のスエズ動乱の時などに、ことごとく軍事行動に反対してきた輝かしい歴史を持っているという。

とにかく人間は背のびをしてはいけない。身の丈《たけ》に合った暮らしをするべきなのだ。『ガーディアン』をやめて、シンガポールでほとんど唯一の新聞『ザ・ストレーツ・

タイムズ』を取るようになってから、私の毎朝の憂鬱は解消した。何よりも英語が平易だった。シンガポール英語のことを、悪口で「シングリッシュ」と言う人がいる。それは主にシンガポール人の英語の発音の悪さを言うのだが、英語の文章も『ガーディアン』よりは崩れているのだろう。だから私にも八十か九十パーセントわかる。便利でありがたいことだ。

前置きが長くなったが、外国の新聞は日本の新聞が書かないようなおもしろい、そして時には教訓的な記事を載せてくれることがある。二〇〇九年八月二十六日に掲載された二つの記事で、一つはマリリン・モンローのお墓にまつわる話。もう一つはM《マイケル》・J《ジャクソン》の死因の詳報と思われるものもそれである。私は小説家なので、人生の些事《さじ》から物を思う癖がある。

人は、死ぬまでと死んだ時とにかなりの金がかかることを漠然と恐れている。若い時は何歳まで生きるかわからないので、いったい幾らくらい貯金があれば足りるものか心配する。私くらいの年になると「もう先が見えてきたから安心だわ」と言うのだが、最近ではまた皮肉な人がいて、「安心なんかできないわよ。当節、百歳以上っていう人があちこちにいるんだから」と不安をかき立てる。

普通、人は死に近づいたり死んだりすれば金は稼げない。MJのように、死のニュースが伝わるや、CDが売れ出したなどという人は例外だ。しかしここに一人、一種のアメリカン・ドリームを叶えてもらったおもしろいおばあさんがいる。彼女の夫、リチャード・ポンチェールは一九八六年に八十一歳で亡くなっているというから、残された未亡人のエルジーも常識的にはかなりの高齢になっている筈だ。そしてこの未亡人は高額の住宅ローンをかかえ込んでいた。それを払えなくて困っていたと推測できる。

おもしろいことに彼女の夫は、一九六二年に三十六歳で亡くなったマリリン・モンローの墓の真上に眠っていた。この「クリプト」と言われる墓は、通常は教会の地下聖堂などにしつらえられた納骨用の柵のことだが、写真で見ると立体的に積み上げられた空間に遺体を入れるような形式になっているものである。

リチャード・ポンチェールはどういう仕事をしていた人かは書いてないが、この墓をモンローの夫であった野球選手のジョー・ディマジオから買ったのである。ディマジオとモンローが離婚したのは一九五四年。モンローの死んだのが一九六二年。ディマジオは離婚した段階で、元妻と同じ所には埋まらない、と決めたのであろう。二人はずっと結婚を続けていれば夫が上、妻が下に眠るように配慮されていた。

リチャード・ポンチェールは、こうした偶然から、マリリン・モンローの遺体を見下ろすような位置に眠ることになった。このことが夢のような結果をもたらしたのである。

モンローの墓は今でも訪れる人が後を絶たない、とどこかで読んだことがある。それだけでも淋しくない。その上、これは男性にしかわからない感情だろうが、永遠に君と添い寝をするよ、ということになれば、その意味にまたどれだけの附加価値がつくことになるのか。私など遺体は骨でしかないと思うが、美人は骨でも美しい、ということはありそうな気もする。

アメリカでも、家のローンは未亡人にとって大きな重荷になるのだろう。彼女は、オン・ラインのオークションでこの墓を売りに出した。このせりは四千七百万円からスタートし、二十一人がせり上げて、約四億三千万円で落札されたのである。マリリンと共に眠る夢の代金である。

ポンチェール夫妻について、私はこれ以上のことを知らないので何とも言えないが、そんな払えないほどのローンを組んだのは妻の趣味か。それとも亡き夫の責任か。しかしおもしろいことに、死者が金を稼ぐこともあるのだということがこれでわかった。私たちは、自分が生きているうちに金を残そうと焦《あせ》る場合が多いが、この人のように、もう永遠の眠りに就いてから、どかんと妻に金を贈ってやる場合もあるのだ。私たちはあまり先のことを考えて、さかしらに計算などしない方がいい。

死者の声

「生き続けなさい」という死者の声が聞こえる

死者はもはや黙《もく》しており、かつてどのような華々しい地位にいようと、その力は過去の記憶という架空のものになる。まだ死んではいない人でも、臨終にはほとんど死者と同様に扱われる。「瀕死者はもはや社会的価値を持っていないから」とアリエスは言う。

死者が、家長であり、社長であり、もっと大きな権力を有していた人のような場合は、残された家族は、盛大な葬式に、出席者の数の多さだけではなく、社会的地位の高い人の出席を望み、死後にもなお勲章や位階に執着する。しかしそれは死者がまだ生きていた時の勢力と比べれば、陽炎《かげろう》のようにはかないものだ。しかしアリエスの言う瀕死者や本当の死者は、無力なものだろうか。

死者の残したあらゆる形の遺産が、生き残った人々を生かす話は私たちの身近にもよくある。しかしそれならば、財産も名声もなく、通常の市井人《しせいじん》としてひっそりと死ぬ多くの人たちは、何も残さなかったのだろうか。

私の母や夫の両親は、老後自分の持っていたわずかな財産を、律儀に差し出して生活費に充てていた。子供の私たちが経済的に恵まれるようになって、親たちの生活費くらい充分にみられるようになった後でも、手伝いの人に「今度あなたがおでかけになる時、私の分のバターも買っておいてくださいな」というようなことを言い、自分のお財布から千円札を一枚渡すような暮らしだった。そして私たちも、親たちが自立の精神を失わないことは大切なことだったので、黙ってするがままにさせていたのである。

そうしてお金がほぼなくなった時に、彼らは亡くなった。「私たちが面倒をみないと思って計算してたのかしら」と私たちは冗談にひがむこともできるくらいのタイミングだった。もっとも亡くなった時、私の母は八十三歳、夫の母は八十九歳、夫の父は九十二歳であったから、お金がなくなろうとまだ残っていようと、寿命ではあっただろう。

どのような人でもその死にあたって残せるものが確実にある、と私は信じている。それは、死後、残された人々が、自分はどのように生きたらいいかと不安に陥る時、死者の声として聞こえて来るものである。

通常、善意に包まれて命を終える死者が残した家族に望むことは、健康で仕事にも励み、温かい家庭生活を継続することだろう。息子にはぜひ総理大臣になってもらいたい、という生々しい野望を残して死ぬ人もいるかもしれないが、人間は、その誕生と死の時だけは、不思議なくらい素朴になる。赤ん坊が生まれる時、親たちが願うただ一つのことは、五体満足で健康なことだ。死者が残していく家族に望むことは、「皆が幸せに」という平凡なことである。だから私たちは常に死者の声を聞くことができる。死者が、まだ生きている自分に何を望んでいるか、ということは、声がなくても常に語りかけている。

おそらくその声は「生き続けなさい」ということなのだ。自殺もいけない、自暴自棄もいけない。恨《うら》みも怒りも美しくない。人が死ぬということは自然の変化に従うことだ。だから生きている人も、以前と同じような日々の生活の中で、できれば折り目正しく、ささやかな向上さえも目指して生き続けることが望まれているのだ。その死者が私たちのうちに生き続け、かつ語りかけている言葉と任務を、私たちは聞きのがしてはならないであろう。

人は最期の瞬間まで、その人らしい日常性を保つ

世の中がいつの間にか大きく変わった、と思うことがある。

その一つはボランティア活動が普遍的になったことである。常に難しさがないわけではないが、ボランティアの研究会などに行くと、驚くほどたくさんの人が集まっている。一昔前なら、知人にこっそり親身な世話をする人はいても、見ず知らずの人に組織を作って尽くすなどということはしなかった。

この変化は実に自然でいい。多くの人が一度やってみると、人に喜ばれることは楽しいものだ、と気づくのである。

もう一つの大きな変化は、がんなどの難しい病気を当人に告知するのが、ごく普通になったことである。昔は当人にはひた隠しにするのが普通だった。看病する家族は心にもない嘘をつき続けるのに、ひどく苦労したものである。

しかし今では、病人を囲んでその人のいなくなった後のことも相談し、残された日々をできる限り自由にさせている病院やホスピスが、私の知る限りいくつかある。

先日、一人のドクターから、いい話を聞いた。その末期がんの病人は、娘が夫と転勤した土地で新たに作った家のことがしきりに気になっていた。できれば行ってみたい。しかし今までの常識的な医療体制の中では、とてもその地方まで旅行することは許されない。

しかし主治医は「行ってらっしゃい。行けますよ」と言ってくれた。

もちろん詳しいことは私にはわからないけれど、痛み止めなどできる限りの方策は用意して出たのであろう。

とにかく喜びは人に元気を与える。病人は、娘の家で幸せな数日を過ごした。恐らく孫とも話し、家族で食卓を囲んだであろう。もはや一口も食べられなかったかもしれないが、家族の団欒とは実際に食べる食べないではないのだ。

その人は病院に帰った翌日に亡くなった。

そこにあるのは「よかった」という思いだけである。「何てすばらしい最期の日々だったのだろう」とその話を聞いた人は思う。娘の家に行くのはそもそも無理なのに、主治医が許可したから病人は死期を早めた、などと訴えたりは決してしない。それどころか、主治医の勇気ある決断に感謝を惜しまないのが家族の人情である。

音楽の好きな私の知人もがんを患っている。体力は落ちているが、音楽会に行きたい、という思いは抜けない。

「いらっしゃいよ」と私は言っている。少し痛み止めが効いているからぼんやりしている、とその人は不安がるが、眠くなれば眠ればいいのだ。万が一、音楽を聴きながら死ねたら、最高の死に方だ。人は最期の瞬間まで、その人らしい日常性を保つのが最高なのである。

人生の通過儀礼

畑仕事をすれば間引きの大切さがわかる

畑仕事をやるようになってから、もう三十年以上が経つ。農業と言いたいところだが、私は恥ずかしくて、その言葉を使えない。なぜなら素人《しろうと》が畑を作ってその難しさを知ると、ますます専業農家の人たちへの尊敬が募《つの》って、業《なりわい》としてもいない者は、農業などと言えなくなるのである。

ことに最近の私は、畑に出る時間がほとんどなかった。六十四歳から九年半、日本財団に就職した。無給だったが、週に二日半くらいは財団の仕事をして、残りの時間を執筆に充《あ》てた。必要に迫られて、原稿を書く速度は生涯に体験したことがないほど早くなったが、畑はやはり私の天職ではないから、原稿優先の原則は変えなかった。

それでも私はほかの人より作物がどうしてできるかを知っている、と自覚するようになった。最近では中年でも、農業の知識が全くない人がいる。稲からお米ができる仕組みをほとんど見たことがない、という嘘のような話も、もしかすると本当なのかな、と思わせられる。

つまり現代の人たちは、物事、物質の生成の道理を、ほとんど知らずに生きていけるのである。

鶏肉というものは、初めから適当に切ってあってラップに包まれてスーパーに置かれたものなのだ。しかし私はアフリカに行ったおかげで、鶏肉は、どのようにしてできたものか知るようになった。私は料理好きだから、つい外国で会った日本人に、限りある材料で何か日本風の料理を作ってあげましょうか、と余計なことを言う。お醤油だけはあると聞くと、親子丼なら、ほかに鶏肉と卵とタマネギと砂糖があればかなり純粋のものを作れるので、それに決めるのである。

しかし大きなスーパーもある大都市以外のアフリカで、親子丼を作るということは、決して私が考えるほど楽なことではない。

私が献立を決めると、まもなく台所の裏で「コッコッコッ！」と何やら私にとっては不吉な声が聞こえてくる。材料になる生きた鶏が持ってこられたわけで、それをこれから絞《し》めて羽をむしり肉を取るという解体の作業をしなければならない。もちろん、こういう土地の人たちは、鶏を殺すのも非常にうまく、決して鶏を苦しませない。あっという間に、血を出させて、鶏が自分の死を感じる前に意識を失わせるのではないか、と思うほどだ。しかし鶏肉はともかく生きた鶏から始まるのであって、決して切り身から考えるものではない。

農業もそうである。

栽培が簡単なのと、毎日のように食べるので、私はいつもコマツナ、ホウレンソウ、チンゲンサイ、シュンギクなどを作っている。エンドウマメもソラマメも作る。

それらの栽培の一つの基本的作業の中に「間引《まび》き」という作業がある。豆類は一カ所に普通二粒ずつの種を蒔《ま》いて、無事にその二粒が発芽したら、生育を見極めて、丈夫そうな一本を残して後の一本を抜き棄《す》てるのである。菜っ葉類も本葉が数枚出たところで、必ず混み合っているところからてきとうに小さな苗を抜かねばならない。このうろ抜くという作業は「疎抜《うろ》く」と書けば、もっとその意味合いがはっきりする。小さな株と株との間をまばらにして、生長しやすいようにしてやることである。もちろん抜いた若葉は、おひたしの好材料だ。

しかし実を言うと、このうろ抜き作業はあまり楽しいものではない。気の短い私などは、時にいらいらする。畑作業を知らない人は、抜いてしまうのはかわいそうだから、そのままにしておきました、などと言う。しかしうろ抜きをしなかったら、あらゆる豆も菜っ葉も育たない。

私はこの頃時々、畑の仕事を少しでも知ったことは、何といいことだったろうと返す返す感謝するようになった。とは言っても私は米も麦も植えたことがない。水田の作業など、観念で知っているにすぎない。

つい先日も修道院の中にこもって、畑も田圃《たんぼ》も作って自給自足している日本人の修道女たちに会いに行き、「田圃の草取りは大変でしょう」と言うと、「いいえ、鴨（合鴨だったかもしれない）を借りますから」という返事が返って来て耳を疑った。

雑草を食べる鴨を水田で放し飼いにし、勝手に除草をさせる話は聞いていたが、その鴨がレンタルだとは知らなかったのである。当節は、「レンタカー」ならぬ「レンタ鴨」があるとは、おもしろい時代だ。「そうして秋まで太らせた鴨は、修道院で食べるのですか?」と私は何となく意地の悪い質問をする。すると私の悪意など気もついていないらしい修道院長は、「いいえ、秋には、貸してくださった農家にお返ししますから」と答えた。

話が脇へ逸《そ》れてしまったが、私は農業の基本を齧《かじ》ったおかげで、自分が当世風の流行の考え方に染まらずに済んでいることを感謝しているのである。つまり物事を基本から、連続して考える癖がついたのである。

現代の若者たちが、依頼心が強くて身勝手だとすると、それはあらゆる仕組みを、発生から末端まで通して見る習慣も場もないからである。

年寄りが利己主義になったのもそうだ。誰でも高い年金、手厚い老後の介護を望む。国家予算と人手は限りあるものだ。国家は赤字財政、高齢者の多い社会は当然労働力不足が起きる。そういう状態で、老後の手厚い介護を望む方が無理というものだ。すべて物事は「通し」で見ることができなければならない。

畑をしていると、間引きがいかに不可欠の作業かということがわかる。庭仕事では、古い株を切り、病気になった球根は棄て、古枝は落とし、枯れ葉さえも取り除くことがどんなに必要かを教わる。

我が家の庭には食用のアスパラガス（マツバウド）の畑もあるが、あの柔らかな葉の茂みが私は大好きだった。ほおずりしたくなるような柔らかい葉なのである。しかしこの葉さえも秋になったら根元からすべて刈り取り、その葉は別の場所に棄てなければならない。それから初めて株の根元に肥料を与えることが大切な作業だということが、この頃ではわかるようになった。

誰でも死ぬことで後の世代に役立つ

自然の教えるものは人間にも通用する。

人間が育ち、力ある青年期を迎え、やがて少しずつ衰え、やがて萎《しお》れて枯れる（死ぬ）という経過は、あらゆる生物の自然な姿である。それ以外の道を辿るものはない。その運命が自分の上に訪れても、それを嘆く理由はどこにもないのである。

それどころか、私は枯れ葉を除き、古株を分けて取り、という農作業がどれほど、花や樹を蘇らせるか、ということを知っている。若い枝や葉ですら、混み過ぎた場合は適当に減らしていかなければ、全体としての木も花も実も豊かに、茂り咲き実るということはない。

私たちは平気で、大輪の花を選び、実が大きい果物の方を喜ぶ。私の庭にはキウイフルーツもできているが、その実は本当は一枝に二個くらいまでに摘果《てきか》して減らすのがいいのである。ところが私の家では、この摘果という作業に誰もあまり真剣にならないので、できた実の中にはゴルフボールくらいの小さなものも混じってしまう。私の農園の作物が「曽野農場」のブランドを掲げてもとうてい高くは売れない理由である。つまり人生も整理なしには済まない、ということだ。

人生は初めから終わりまで「通過」である。そこにその時々によって儀礼的なものが加わる。途上国の部落では、いろいろな通過儀礼が行われると、ものの本で読んだことを切れ切れに覚えている。青年たちだけが集まって暮らす家で共同生活をしたり、高い崖や樹から足を縄で縛って飛び下りたり、割礼《かつれい》のような外科的処置を受けたり、それぞれに当人にとってはいささか過酷な試練をへなければならない。

先進国でもそれに似たことはある。入試のための受験、経済的独立という重荷、出産、老いた親の世話などである。こうした要素のない人生も、地球上にはないのである。死はその最後の一つだと考えると、それを避けようとするような悪足掻《わるあが》きはしなくなるだろう。

むしろ死は、通過儀礼に参加することなのである。死は誰にでもでき、誰でもがそのことで後の世代の成長に資《し》することができる。私たち日本人は、世界が認める長寿大国という条件を与えられたことを喜んでいいのだが、六十八億を超える地球上の人間すべてが、一斉に百歳を超えるような長寿を得ることになると、そこにどんな形の新たな地獄が待ち受けているか、私には想像ができない。

James L. Bernat, Charles M. Culuer, Bernard Gert などによる『死についての定義と基準』（一九八一年）によると「もし我々が死を過程と見なすなら、その過程は人がまだ生きている時に始まるか、あるいは人が既に生きていない時に始まるかのいずれであり、前者の場合には死につつある人はまだ死んでいないのであるから、『死の過程』は死への過程と混同されるし、後者の場合は死は崩壊の過程と混同される」という。学者というものは、何でも物事を難しく、しかし考えてみると正確に言うものだ。

しかしこの論文の一言がおもしろいのは、どちらであっても、死にまつわる状況は停止ではなく、経過だということだ。静止ではなく、なおも続いている動的な変化だということである。

「万物は流転する《パンタ・レイ》」というのは、ヘラクレイトスの言葉だというが、人間もまたその流れの中にはめ込まれるのである。考えてみればこれは公平な運命だ。誰かが特別扱いをされるというのでもなく、誰かが運命を取り逃がすということもない。

私が畑の一隅に立って見慣れた自然の光景も、常に動き、流転するものだった。

「三日見ぬまの桜かな」だけではない。芽も茎も葉も花も実も、時間の経過と共に確実に歩調を合わせて変化する。人間もまた同じである。

第4章

余命六カ月となったら、あなたは何をしますか？

一粒の麦の生命

「自分の命を愛する者」ばかりの世間

先日の新聞で読んだ話である。

一人の看護師さんが四十代半ばの男性のがん患者を看取《みと》っていた。がんは再発で余命は三カ月と言われていた。

男性は独身者だった。八十代の両親との三人家族だったが、その高齢の親たちが疲れるのを恐れて、入院先では見舞い客も断っていた。一人で端然と死と向き合おうとし、明るく振る舞っているようだった。まだ体力がある間は、体の不自由な他の患者の面倒まで見ていたという。

人間は立派過ぎるのも不自然なのだ。心にはぶれがあっていい。看護師さんの不安は或る日現実のものになった。彼女は、ある晩、その患者が一人病室の中で体を震わせて泣いているのを発見する。そして彼は呟《つぶや》いていた。「死にたくない」。その叫びをあげた夜、彼は危篤に陥り三日目に亡くなった。

その男性患者の心に去来した本当の感情は、誰も推測することはできない。しかしこの優しい看護師さんは、妻も子もなく逝《い》った人のことを思って詩を作り、沖縄のミュージシャンがそれに作曲した。「一粒の種のように小さくていいから、生きていたい」という歌詞だという。「一粒の種のように小さくていいから」という部分は、ごく普通に解釈すると、別に出世したり、お金持ちになったり、有名になったりしなくていいから、ささやかな一生を送りたかった、という意味のように受け取れる。「死にたくない」という患者の叫びが、裏を返せば「生きていたい」という言葉になったのだろう。

この「一粒の種」という言葉を聞くと、たいていのクリスチャンは聖書の中の有名な個所を思い出してしまうのである。聖書では一粒の麦となっていて、一見、麦の粒と命との関係において、この看護師さんの作った歌と似ているようだが、聖書の内容は実は正反対なのである。

『ヨハネによる福音書』の12・24〜25に述べられている言葉は次のようなものである。

「一粒の麦は、地に落ちて死ななければ、一粒のままである。だが、死ねば、多くの実を結ぶ。自分の命を愛する者は、それを失うが、この世で自分の命を憎む人は、それを保って永遠の命に至る」

最初に、このいささかどぎついユダヤ的表現について解説しておくべきだろう。「自分の命を憎む」というのは聞き慣れない不思議な言葉である。それは日本人が考えるような意味で、本当に命なんか要らない、命なんて嫌なものだ、ということではない。これは「どちらを優先するか」というユダヤ人のよく使う表現法だという。つまり生きることを優先する人と、必ずしもそうではない人と、この双方を比べているのである。

聖書は普段私たちがあまり気づかないような点で現実を突きつける。麦の一粒は、それがそのまま取っておかれる限り芽を吹くこともなく、従って新しい実を結ぶこともない一種の不毛の状態を呈する。麦が蒔《ま》かれ芽を出す時には、麦はまるで墓に葬られるように冷たい土の中に埋められ、腐ってその原型を失うようにならねばならない。そこで初めて新しい命である芽を吹くのである。だから麦の一粒の死そのものが「多くの実を結ぶ」前提である。

現代は、自分を大切にすることこそ、人権だと思われている。私の若い頃には「自分を褒《ほ》めてあげたい」などという薄気味悪い言葉を公然と人前で言う人はいなかった。「自分でもよくやった」と思うことは、いつの時代にも、誰にとっても、あったろうとは思う。しかしそういうことを自分から言うのははしたないことだし、他人には自分の内面の努力や苦しさなどわかるわけはない、という賢さもあったから、苦労の果てに成功したことも、心の奥深くにじっと留めておいて、軽々《けいけい》には口にしなかったものだ。

現代は、自分を一番大切にすることを当然として疑わない時代だ。もちろん人は放置しておいても、自分が一番かわいいものなのだが、その上にさらに、自分を大切にしないと、再び戦争に駆り出されて殺されることになる、などと言う。戦争中に子供だった私には、あの時人々が戦いの場で死んだのは、そんなに簡単なことではなく、損をしたのだと結論づけて終わることでもない、と知っている。自分を大切にして決して死なない覚悟をしないと、平和は達成できないなどというのは、逆に非現実的な間違った論理である。

しかしこうした考え方が流行していることは事実だ。だから世間は「自分の命を愛する者」ばかりになる。

命よりもう少し軽い、たとえばお金のことについても、人のためにお金を出すことも、親切を尽くすことも、多くの人はしたくない。困っている人がいたら、「私がお金を出して助けることじゃないでしょう。国家が助ければいいことなんじゃないの？」とつまり何も出したくない、使いたくないのである。そういう利己主義者こそ、むしろ「命を失う」人だと聖書はここでも逆説的真実を教える。

人生が満たされる「多彩さ」の条件とは？

死は誰にとっても百パーセント間違いない既定事実だ。とすると、誰にも「死にたくない」「もっと生きていたい」「自分の人生はいったい何だったのだろう。どういう意味があったのだろう」という疑問が湧いて当然だ。

私自身は、人生が満たされる条件として「多彩だった」という実感が必要だと思っている。多彩というと、美人の女優さんが、貧しい生まれの中からその才能を見いだされ、名声を得て、多くの人の憧れの的になり、お金を儲《もう》けて豪邸を建て、激しい恋をして自由気ままな暮らしをする、そんなようなことを想像する人もいるのだろう。

しかし人生の本当の多彩さは、人にもたくさん与え、自分もたくさん受けたという実感だと私は思っている。

世間でもらうものの代表はお金かもしれないが、本当に人間を生かすもらいものは、人間の心であり、人間の関わりである。人間がお互いに心を与え合うことの多い生涯を、私は多彩な人生だと規定している。

しかしそうした多彩な心の暮らしの実態は、外部の人が知らないことが多い。女優さんならマスコミが、その私生活の噂《うわさ》の部分まで書き立てるが、普通の市民の暮らしは静かなものだから、自分が生きてきて果たしたことを他人に知られることはめったにない。

しかし誰に知られなくともいいではないか、というのが聖書の趣旨である。種は芽を出す時に死ぬ。しかし種が与えた生命は、次世代の植物になって生き続ける。それは皮肉にも、種がもし死ななければ、命は続かなかった、という選択の結果だ。

とすれば、「一粒の種のように小さくていいから、生きていたい」という歌詞の意味は成立しなくなる。一粒の種がそのままなら、何も命を生まないのだ。

しかし「死にたくない」と言って泣いた四十代のがん患者は、家庭こそ持たなかったが、父母にとっては優しい孝行息子だった。父母には、自分の重病さえ心配をかけないようにしようとし続けた。それだけに、その子を失った悲しみも大きかったろうが、一人の子供にさえ心をかけてもらえなかった悲しい親も世間にいくらでもいることを思えば、この人は、二人の親を喜ばせるという大きな仕事をやり遂げたのである。

聖書学で有名なウィリアム・バークレーは、聖書のこの個所の解説の中で、古い言葉だが「憂うつ症患者」を引き合いに出している。

「もしわたしたちが安易な道を選び、すべての緊張をさけ、炉辺に座って身をかばい、憂うつ症患者が自分の健康を気づかうように、自分の世話ばかりやいているなら、たしかにわたしたちは長く生存する。が、それは決して生きることにはならないであろう」

憂うつ症患者というのは、鬱病《うつびょう》患者のことなのか。いずれにせよ、精神を病んだ人には、共通した一つの特徴がある。

それは一人前の大人とは思えないほど利己的になる、という症状だ。他人のことは気にならない。自分の苦痛、自分の心配、自分の興味に捕らわれ、私たちが身の回りにいる多くの他人のおかげで生きているのだというふうには全く考えられない。こういう利己主義はつまり幼児性というもので、こうした鬱病患者は、永遠に大人になれなかった人々のことかもしれない、と私は考えるべきなのだろうか。

すぐさま飛躍して、「自分の命など、大したものではない」と私は言わない。しかし一粒の種のままでいる、ということもむしろ悲しいことなのだ。

私の周囲には、たくさんの神父や修道女の知り合いがいる。皆、それぞれの理由で修道院に入り、結婚もせず、従って子供も持たず、或る場合には一生世界の最も貧しい国の田舎で暮らして、その土地の子供たちに字を教え、小さな診療所でマラリア患者に薬を与え、赤ん坊の生まれるのを助ける、というような暮らしをしている。

そうした土地では電気がないから石油ランプを使うのだが、老眼の眼では夜になると字を読むのが辛いと彼女たちはこぼす。ガスはもちろん水道もない。体を洗うのは、タンクに汲《く》み上げた水を空き缶の底に錐《きり》でたくさん穴を開けたシャワー・ヘッド風のものに導き、ばしゃばしゃと降ってくる装置からである。アフリカでも水で体を洗うのは、寒くて辛いものなのだ。私たちが当然のように温かいお湯の中でのびのびと体を伸ばし「ああ幸せ」などと実感する日は、一日もないのである。

それでもそうした人たちは、たまに日本での休暇が終わると、いそいそと「地球の僻地《へきち》」と言いたいような任地に帰って行く。どうして？ と聞く人がいるが、それは、一粒のままを保って生きるのではなく、仮に死んでも誰かに何かを残すことで、自分の存在が生き続けることを望むからだ。

一粒のままがいいか、そこから芽が出るために死ぬのを選ぶか、人間はそこそこ生きているうちから決めねばならない。死んで芽を出す道は、実は簡単だ。人のために働くことなのである。

私と樹との関係

シンガポールの我が家との別れ

一九九〇年の暮れに私たち夫婦はシンガポールに古いマンションを買った。当時でも築十七年に近いマンションだったが、古めかしいおかげで面積が広く、こせこせしない間取りが私たちは気に入ったのだった。

夫も私も、自分の稼いだお金を好きなことに使ってはきたが、一時期、不動産投機が盛んな時代にも、土地を買えば儲かるからと自分の使わない土地を買うというようなことはしなかった。お金については、私たち夫婦は偶然好みがかなり似ていた。自分が好きなことなら、自分で稼いだお金の範囲で好きなように使う。しかし私たちは、小説を書いて、その結果としてお金をもらうことはあっても、投機的なお金の動かし方をして儲けてはいけない。そんなことをすると小説そのものがダメになるような気がしていたのである。

夫も私も親から一円のお金も相続しなかった。つい先日も私が、親から遺産を相続したと思っている人に会って、お互いに親と自分との関係を語り合った。「ええ、確かに私は親から遺産を相続したんですけど、『ゼロ円』を相続したんです」と私は言った。この「ゼロ円」を相続するという言い方は法律関係者の使う言葉らしく、私は税務署の書類で初めてそういう表現を覚えたのである。

私の父は母と高年で離婚した後、再婚して若い夫人との間に娘を持った。私の息子よりはるかに年の若い妹である。わずかな遺産は、その夫人と私の妹が相続すべきで、既に生活の基盤のできている私が、娘の権利を理由に、割り込んで父のお金をもらう必要は全くなかったのである。

夫は本を好きなだけ買いたい人だったが、他の面では本当にお金を使わなかった。身だしなみは傍目からは想像できないほどいい人だったが、服に凝るのでもない。家から直線にして約七キロで渋谷という副都心に達するが、歩く道は十キロ近くなるだろう。その十キロさえ時には歩いてしまう。たかが文庫本二冊買うのに、百九十円も電車賃を出すのは勿体《もったい》ないから、と言うのである。

それと比べると、私は浪費家であった。他人には理解のもらえないことにもお金を出す。

前述の通り、五十二歳の時、友人たちとサハラを縦断するために二台の四駆を買うお金を出した。他の人たちは、皆家庭持ちで、そんな「くだらないこと」のためにお金を使う余裕はなかった。私は着物道楽もせず、バー通いもせず、茶道具を買いあさるわけでもない。生涯で一番大金を使ったのはその時で、それは本当に無駄金だとその時は私も思い、多分他人にも思われたのだろうが、後で考えてみると、私が後半生で深追いした一神教（ユダヤ教、キリスト教）の勉強、中近東アラブ的思考への興味、アフリカとの深い関わりなど、多くの道を開いてくれた。もしかするとこれほど有効な「投資」はなかったのかもしれない。

しかしもう一つ私の「したかったこと」は南方に住むことだった。二十三歳の時に初めてインド、パキスタンに始まる外国旅行をして以来、私は自分が南方から渡来した先祖の子孫だと思いこむようになった。暑さが平気。南方の食べ物が何でも食べられる。多くの東南アジア人は迷うことなく私に中国語で話しかけてきた。私が少し背が高くて色黒だというだけで、小柄で色が白い日本人の特性からはみ出すので、誰もが中国本土の、それも華南《かなん》の出身者だと思うらしかった。

シンガポールに古いマンションを買うことは、夫が賛成しなければできないことだった。サハラ縦断の旅とは違って、もう少しお金がかかる。夫が買ってもいい、と考えた理由は彼が食いしん坊だったからであった。

私たちは日本でも中国料理が好きだったが、シンガポールで初めて、日本で食べられる中国料理はどれも詐欺《さぎ》に等しいものだということを発見した。まずくて高いのである。シンガポールでは私たちは毎日一食だけは、外の食事を楽しむことにしたが(釣り合いを取って夕食は極めて簡素な日本食をうちの台所で作って食べたが)、それでも五千円の予算があれば、信じられないほどの豪華なお昼ご飯が食べられた。簡単に食べれば、二千円以下でも上等なランチが楽しめる。料理はすべて個性的だった。潮州《チヨウシユウ》、広東《カントン》、北京、上海、四川の別はごく普通で、他に南と北のインド、ベトナム、マレー、インドネシア、タイ、アラブなどの料理が、どこででも味わえたのである。

もっとも私たちにとって最高の楽しみは、電話がかからず、お客もなく、テレビもNHKだけで、BBCやCNNなどの英語の放送はまあいいとこ六十パーセントしか内容がわからないからあまりおもしろくない。ついついテレビを離れてじっくりと読書をすることになる。居眠りもできる。それで東京での疲労を一挙に回復して帰ることができたのである。

しかし古マンションにはそれなりにこちらの配慮も必要だった。電気の線が不調になったり、私たちがいない間に下の階に水漏れがしたりした。古い家ではあるが、東京では一戸建ての一軒家に住んでいる私には、次第にその管理がめんどうになり出した。

十九年が経とうという二〇〇九年の秋、私はいよいよマンションを売るなら今だという判断をした。シンガポールの不動産の売買は、売り手と買い手の立てたそれぞれの弁護士同士で手続きをする。私たちは意志だけ伝えて、書類にサインをすればいいだけなのだが、それにしても、外国に不動産など残されたら、息子や孫はどうして始末したらいいかもわからなくて迷惑するだろう。

夫もそれに賛成だった。かねがね「僕は買うのともらうのが嫌いなの。売るのと捨てるのは好き」と言っている人だから、「ああいいね。売れたらさっさと売ろう」と意見は一致した。すべてこういうものには運があると思うが、私たちは時期的な運にもついていていて、買い手はあっという間に見つかった。

樹だけに知らせる私の死

十九年間住んだ家であった。私の知人で軽井沢に別荘があっても、年に一週間か二週間しか使わない人がいる。しかし私たちは年間確実に、一カ月から二カ月近くはシンガポールで暮らしていた。

私がアフリカの調査を気楽にするようになったのも、まずシンガポールの家に来ていて、深夜の飛行機でシンガポールを発《た》てば、約十時間のフライトで（つまり一夜を眠るだけで）もう夜明けのヨハネスブルク（南ア）に着いているからであった。シンガポールは私の後半生のアフリカとの関わりを現実に易《やさ》しくしてもくれたのである。

誰もが、そんな家を売るのは悲しいでしょう、と言ってくれた。そうに違いない、と私は思った。改めて家の思い出を残すために、記念の写真を撮ったりするのかなあ、と人ごとのようにではあるが考える瞬間もあった。


この家のどこに執着していたかと私は改めて考えてみた。するとおかしなことだが、それは窓の外に生えている、タンブスという大きな南方の樹だと思い当たった。

その樹は、実にマンションの七階の高さまであった。私は本を読む時には必ずベッドに寝そべって読む癖があったが、数十分読むと、眼を休ませるためにちょっと本を置いて外を眺めるのも習慣だった。すると私はいつもその樹の世界に入るのであった。

樹は細かい枝を私の寝室の窓いっぱいに広げていた。北緯一度という土地だから樹が葉を落として裸になるという季節はない。しかし私たち日本人が感じている夏の頃には、その緑のレースは一際《ひときわ》濃くなり、冬には葉がかなり落ちて木漏れ日が強くなる。

かつて大学で英語を習っていた時、私が自然を表す単語として心を惹《ひ》かれた二つの言葉があった。一つはこのような木の葉の優しさを表す「群葉《フオウリージ》」という言葉であり、もう一つはやわらかな西風を示す「ゼファー」という単語だった。この樹はこうした表現をすべて受け入れる大きさがあった。

雨の兆《きざ》しを嗅ぎつけると、この大木はまず窓ガラス一面に梢《こずえ》を大きく揺さぶる。次に風と篠《しの》つく雨を受けて震える。部屋の中にいても、私は自然の中に放り出されて濡れ放題に濡れるような気がするのである。

その樹を眺めている時、私は幸福でも不幸でもなかった。鬱病でもなく、さりとて向上心に溢《あふ》れてもいなかった。私は思考を止め、時間の流れの中に身を任せていた。それが私の自然体であった。

この樹はさまざまな動物を遊ばせる舞台でもあった。リスがよくその枝の上を歩いていた。私が幼い時に使っていた英語の絵本に出てくるリスは丸々と太って、尻尾もふさふさとしていたが、この樹に棲むリスの尻尾は毛が抜けて痩せており、恐らくは疥癬《かいせん》に罹《かか》っているのだろうと思われた。しかし日本人はあまり見たこともないオオサイチョウという羽を広げると二メートルもあるような黒い鳥も、以前はよくこの樹に飛来していたのであった。この鳥は全身の羽毛は黒なのだが、くちばしは大きくカーヴした黄色で、頭の上にも黄色いクッションが載っている。

この樹は他にもまだ夜が明けないうちから、けたたましく啼《な》く鳥のさえずりの場にもなっていた。いまだに名前も知らず姿さえ見たことのないその鳥は、私には日本語で「オッキロ（起きろ）、オッキロ」とせっつき、関西から来た人には「マッケロ（負けろ）、マッケロ」とか「コッケロ（転べ）、コッケロ」と聞こえる声で命令調に啼くのである。

もし私が今回失うもので深く惜《お》しむものがあるとすれば、それはこの樹を再び見られなくなることであった。私は自分の死後も死亡通知など誰にも出させないつもりだが、もしたった一人知らせるとすれば、それはこの樹のような気もした。「あなたを大好きだったあの人は、死んだんですよ」ということだ。すると樹はほんの一振りか二振り大きく枝を揺すって私を悼《いた》んでくれそうな気もした。

しかし……と私は再び考えた。自分がそれほどに愛着を持ったものなら、現世でそれを長く独占してはいけない。一時それを愛する権利をもらったら、その特権は再び誰かに早々と返上しなければならないのだ、と。

私は引っ越しの慌ただしさの中で最後に家のドアを閉めた。感傷は、これっぽっちもなかった。私の死も、そうでありたかった。

小さな目的の確かさ

最後に残るのは、財産でもなく名声でもなく愛だけだ

考えてみれば、誰もが公平に一度ずつ、人生を考えねばならない死の時を持つ、ということは、大きな贈り物なのかもしれない。

若い時にはお金と遊びのことだけ、中年になると出世と権勢以外のことはほとんど考えないという人がいる。しかしそういう人でも死が自分の身辺に近づいてくるという予感がすると、やはり思索的になる。そして思索的になる、ということだけが、人間を人間たらしめるのである。そうでなくて、餌（食物）のこと、セックスのこと、縄張り（権勢）のことだけしか考えない人間は、やはり動物と全く同じ存在というこ

とになる。

生きている人の文化は千差万別だが、死に当たって望むことは、どの国の、どのような階層、宗教の人でも大体似たりよったりになってくる。

少し前シンガポールの英字新聞が、シンガポール人の死に対する意識調査をした。その時点で多くの人が死を予告された後、実行し、望んだことは、家族の生活を緊密にし、共に長い時間を過ごそうということであった。或る夫婦は、二人が共に暮らした日々を記録するためにあちこちに旅をし、数千枚に上る写真を残した。かつての知人たちに会うこともその旅の一つの目的だった。

それは簡単に言うと「愛の確認」という目的に尽きている。

そうなのだ。私も何度か書いているが、まだ余生が長いと感じている間は、私たちはさまざまなこと、多くの場合、人生の横道に当たるようなことに執着する。妻に秘密の愛人も捨てがたい。ぜひハワイに別荘を買いたい。会社で出世コースに乗りたい。一流大学に入りたい。

それが悪いとは言わない。人生とは、いわば横道をさまよい歩き続けることなのかもしれないからだ。しかし死が近づいてくると、多くの人々の意識は一つに絞《しぼ》られる。それは「愛に生きること」だけを求めるのである。或いは「愛に生きたこと」を思いだそうとするのである。

私の知人のまたその知人という程度の遠い人のことだが、或る女性が治癒の見込みのないがんに罹《かか》った。その人の夫は画家で、若い時はかなり妻を悩ませるような野放図な女性関係もくり返したのだが、妻の死病を知ると、突然改悛《かいしゅん》と償《つぐな》いの生活をするようになった。彼は妻の看病に明け暮れるようになったのである。それによって、彼女は病院でも看護師たちから羨《うらや》ましがられるような恵まれた病人になったのだが、気分は鬱々として楽しまなかった。

私たちはその話を聞いて、口々に勝手な感想を漏らした。夫が改悛して、妻に優しくなったことはいいことだ、という点については誰もが一致していたが、それだけでは病人に生の証《あか》しを与えられないのではないか、と私は考えた。これはいささか悪の匂いのする、悪魔的判断である。

私は夫がそれまで通り、不実で、妻の重病をいいことに、しきりに秘密の女の家に通い続ける方がいいのではないか、と不謹慎なことを言った。そんな夫だと、その間に彼女の方は、入院先の病院で、思いもかけず昔の男友達に会い、実はあなたが好きだったという告白を受けるというような劇的な運命を開けるかもしれない、と言ったのである。

無限に続きそうな時間の中では、多くの恋もだらけたものになる。しかしまもなく死によって引き裂かれる運命が決まっているとしたら、二人の恋は燃え上がる。それは悲劇だが、人生の最期を飾る上で、こんなすばらしい状態はない。どちらがいいかしら、と私が無責任に笑うと、その会話の中にいた女性は、「私は断然、不実な夫故に、最後の恋に燃える方がいいです」と言い切った。

「じゃ、いい夫になったことは、妻を不幸にしたわけね」と私は最後まで無責任だった。

最後に残るのは愛だけなのである。財産でも、名声でも、名誉でもなく、健康ですらなくて、愛だけなのである。だから愛されたことも、愛したこともない人の死は、本当に気の毒だ、ということになる。

余命を宣告されたら…

以前、シンガポールの英字新聞で「余命六カ月となったら、あなたは何をしますか?」という意識調査をした。

返答は、やや中国系の人の多いシンガポールの特徴を見せてはいるが、充分に私たちの参考にはなる。

(1)「愛する人と共にいる」
(2)「旅に出る」
(3)「精いっぱい生きる」
(4)「楽しむ」
(5)「仕事を辞める」
(6)「肉体的、物質的快楽にふける……思うさま飲み、食べ、人と遊び、セックスをする」
(7)「今まで通りに暮らす」
(8)「精神的な生活にふける。出家したり聖書を読んだり」
(9)「家にいる」
(10)「思いっきり金を使う。社会に還元したり、チャリティーに献金したり、ボランティアなどをする」

というのが十の答えである。

私の理想は(1)である。もっとも「愛する人」という言葉からは、さまざまな人が想像されるだろう。夫や子供などの家族、或いは共に暮らして来た母や姉妹、文字通りの愛人、片思いの人、などが普通だが、愛の対象として犬や猫、海や山などを連想する人もいるだろう。或いはやりかけの研究があれば、そのこと自体、或いは研究室、などというものが思い浮かべられるかもしれない。

しかし、少なくとも私は、現実には(7)の「今まで通りに暮らす」ことになるだろうと思う。人生とはそんなものなのだ。特に不運とは言えない。それに、自分が死ぬことになりました、ということを劇的に吹聴《ふいちょう》するのは、私のおしゃれの好みに反する。自分のことは黙っていたい。騒ぎたてたくない。とすると、今までと同じように、少し背中を丸めて普通に職場に通い、或る日、立つこともできなくなって、初めて救急車で病院に運ばれる、という無様《ぶざま》な始末になるのかもしれない。

(9)の「家にいる」、(8)の「精神的な生活にふける」もかなり可能性がある。自分の行ってきた愚かさを祈りの中で神に詫《わ》び、「でもあなたはこんなにもすばらしく、しかも哀しい現世を見せてくださいました」とお礼も言う。聖書は、死を前にすると心に染みる部分ばかりだということは確かだ。

(2)の「旅に出る」という発想をする人も世間には多いようだ。しかし体力がそれに伴わない場合もあるだろうし、私の場合、きれいな景色を見たり、心を震わせるような夕映えに遭ったりすると、余計に悲しくなるという性癖がある。だから見慣れた町の一隅で死ぬ方が、「落ち着いて死ねていい」と思うかもしれない。

「『よく死ぬ』ということは、あなたにとってどういうことですか」という質問もある。肉体的には「長く病まない」「眠るように」「年取って老衰で自然に」の三項目が挙げられているのは自然だろう。

心理的には「悔《く》やむことがない」「幸福に死ぬ」「心配することもなく穏やかに」だというが、これらはすべて答えに少し無理がある。つまり死ぬ時の心理に限って誰も体験がないのだから、わからないと言う他はない。

「達成感」についての質問に対しては、

「仕事やその他のすべてのことがきちんと解決したという感じの中で」

「自分の人生に意味があった、満たされた人生だったと感じながら」

「自分の夢、望み、したかったこと、目標達成などが叶《かな》えられること」

の三項目が挙がっているが、これらのことはどれもそれほど難しいことではない。

私は今までに百二十カ国以上の貧しい国の暮らしを見た。食べるものにも、体を洗う水にも事欠き、子供たちは学校にも行けず、キャンデーの甘い味も知らず、病気でも医師にかかれず、暑くても寒くても、虫にたかられても、耐える他はない暮らしである。

しかしその中でも、幸福がないわけではない。今夜食べるものがある時、彼らは自然に笑顔になるほど幸福なのだ。そういう言葉で認識するかどうかは別としても、「生きていてよかった」と思っているだろう。

達成感というものを設定するには、まず目標というものを定めなければならない。その目標は何かということは、誰かに決めてもらうことではない。福袋のように、何か適当に目的らしいものを手に入れておけば、その中から自分に合うものもあるだろう、というわけにはいかない。

目標、目的は小さなものでいい。一つの会社を起こすとか、科学者が世界的な発見をすることだけが、生きるに値する目標ということはないのである。

普通の家庭では、子供をどうやら一人前にすれば、それだけで一つの目標を達成することになる。年老いた両親に穏やかな生涯を送らせることができれば、それも大事業だ。医師や看護師なら、どれだけ生涯にたくさんの人の命を助けることになるだろう。教師なら、どれだけたくさんの子供たちに、人生の意味を教えることができるだろう。私もまた教室で始終先生の話を聞いていない子供だったからよくわかるのだが、普段居眠りばかりしているような生徒でも、或る日、ほんの一瞬、魂に突き刺さるような先生の言葉というものを捕らえることがよくあるのである。

どの職業を通しても、必ず大きな影響を誰かに与えてこの世を去ることはできる。

要は、その目標を自ら発見するかどうかなのだ。

荒野の静寂

自分の生涯に納得できれば、死を迎え易くなる

私はいつも、死を迎え易《やす》くするのは、自分の生涯に納得を持てた場合だと思っている。人間だから、いささかの言い訳は常にあるだろうし、地震、津波、火事、自動車事故、先天性の病気などのように、個人が避けることの不可能なものもある。また自分はしたいと思うことでも、知識、技能、能力、性格などの点で、雇用者側から不適切として見捨てられることも致し方ない。しかし常識的にいえば、それ以外の生き方は、日本のようにどんな選択も自己責任においてできる部分が残されている社会なら、必ずその人なりの納得にいたる生き方はできるはずなのだ。

選ぶということは思考の結果だ。人に誘われたから決めるというのは言い訳だ。考えて決めるには、何がしかの時間と静かな空間が要る、と私は思う。私は下町の生まれだから下町気質もよく知っている。人によっては電車の騒音がしないと却《かえ》って落ち着かないという人もいるし、私自身、喫茶店の音楽の中でも原稿は書ける。しかしできれば静かさ、それも徹底した孤独な静寂というものの中に、時には自分を置きたいと思うことは始終だ。

先日古い資料の整理をしていたら、シャルル・ド・フーコー神父の『ボンディ夫人への手紙』という本を見つけた。

シャルル・ド・フーコー神父については前述したが、彼は荒野の続くアルジェリア南部のタマンラセットで、一人隠棲《いんせい》の生活を送る。そして心に愛し続ける従姉《いとこ》マリーに手紙を書き続ける。それはほとんど自分の心の救いのためだったろう。

タマンラセットの山は、数百キロのかなたまで見はるかすことができる荒野である。昔からそこはイスラム教徒の遊牧民《ベドウィン》の土地で、当然のことだが、キリスト教に改宗しようなどという者は一人もいなかった。シャルル・ド・フーコーの生涯は、人は現世では失敗者であってもいいのだ、と真理を伝えている。彼の死後、その精神は、多くの人たちの心を支え、宣教活動が広がったのである。

太陽の輝きがふり注ぎ、永遠の穏やかさと安らかさを見せる一人きりの砂漠で彼は、

「私はこの空と、広大な地平線を眺めるのが好きです」

「ここでは二つの無限を眺めています。のびやかな空と砂漠です」

と書く。我々人間の、存在、愛、生、平和、美しさ、幸福、我々の時と永遠、心と魂の中に存在するすべてのものを、彼は砂漠に見たのである。シャルルは何度も「calme（静けさ）」という言葉をくり返して使っている。魂から虚飾の古い衣をはぎ取り、その心底を見抜くのは神のみだ、という姿勢である。そして一九一六年の十二月、彼は過激なシヌシ教徒によって射殺される。

現代は、あまりにもこの静寂と沈黙に欠けた時代だ。音声と饒舌《じょうぜつ》だけは豊富に与えられている。しかし人間の魂の或る部分は、しばしばこの静寂の中でしか育たず、それが永遠への旅立ちの前の死の準備には、不可欠なもののように私は感じるのである。

第5章

死ぬという任務

夫の介護

完璧を期すのを止めた

　これまで、私は死について観念で書いていた。私は自分の母と夫の両親と三人の親たちと暮らし、自宅で彼らの死を見送ったから、観念だけではないのだが、二〇一七年二月三日に夫の三浦朱門を見送ってからは、さらに総括的に、人間の死と対面するようになったのは自然かもしれない。

　それ以前の約一年一カ月の間、私の主な生活は夫の看病だった。夫は初めの頃は、自宅から一番近い本屋さんまでどうやら自力で歩いて行くのを毎日の楽しみと日課にすることもできたのだが、すでに九十歳を越えていたのだから、やがて外出もままならなくなり、家でも誰かが付きっ切りで看なければならなくなった。その間に八十代も半ばの私も背骨に故障が出た。たかだか一年一ヵ月の間に、介護人の方も老化して、看護ができにくくなったのが現実であった。

しかし私の最大の幸運は、私の職業が自宅で、細切れの時間にでもできる仕事だったということだろう。私はもう六十三年くらい書いてきているが、まだ書くことはあるので、看護の合間に連載を進めていくことは少しも無理ではなかった。私は書斎でなくてもどこででも書けた。もともと、場所も騒音も、切れ切れの仕事時間もあまり気にしないたちである。自分のパソコンを置いてある机で書くのが普通だが、病人のベッドの傍らに置いてある私専用のソファで、原稿用紙をライティング・ボードに挟んで書くことも始終あった。

看護だけで書くことを止めていたら、私は息が詰まってかえって長続きしなかっただろうと思われる。

夫の方にも無論変化は明らかだった。

二〇一七年に入って、一月十二日に九十一歳の誕生日を迎える頃から、夫はほとんど食べなくなり、どんな献立を出しても、お皿に手をつけずに突っ返すようになった。私は比較的早くから、これは当人の体がもう生きなくてもいい、と言っていることだとわかってはいたが、それでもまだどこかで救いはあるかと考え、次の食事に朱門にどんなものを出せば食べてくれるだろうか、ということばかり考えて、疲れ切ってしまった。

私たちはそれまでにも、人生の最期のことを何度も確認し合っていた。点滴の注射や、胃瘻《いろう》で生きるような延命はしない。拒食は自分の運命を自分で選択している一つの表れなのである。私は夫の上に起きたすべてのことを、すでに心の上で予測済みのような気がしていた。

家にいるのはいいのだが、私は三浦半島にある海の見える家にも、時々行きたいと思いながらそれもできなくなっていた。留守中に朱門の面倒を看てくれる人がいないのである。夜中に異変が起きてもそれを発見して動いてくれる人がいないのは困る。

海の家で暮らすことは、私の生活の中では、かなりの比重を占めていた。もちろん別荘がなければ生きられないということではない。しかしそこは私たち夫婦が初めて自分のお金で建てた家であり、私は若い時から、ろくろく泳げもしないくせに、開放された海の光景に深く惹かれていたからでもあった。そこで私は普段と同様に原稿を書き、畑の作物の計画をする。私は知識だけは野菜作りもよく知っているのである。二度の足の骨折以来、私の足首は曲がりにくくなっていたので、作ってくれる人は頼んでいたが、帰りには土地の新鮮で安い魚や、庭で採れた自家製の野菜を積んで東京の家に帰ってくる。私は料理が好きだったから、それらを自分の家のおかずとして、一片も無駄にせずに全部おいしく食べるという生活を、かなり贅沢なものだと感じていたのである。食材の良さが、家族と昼間いっしょにご飯を食べる秘書たちの健康を支えているような気がすることもあった。

私が自分の好きな生活を、完全に犠牲にしてそれが朱門の寿命を長くするなら、それでもいいのである。しかし私はその手の自己犠牲の結果の怖さも知っていた。私は若い時に、メニンジャーだの、フロムだの、ピカートだの、フランクルだの精神分析学者たちの著作を読み漁った。私自身の精神状態が健康ではなかったからでもある。決して正当に内容を理解したとは思えないのだが、その結果として人間は、自分の心一つさえ完全に自己コントロールの下に掌握できるものではないことを知った。私は自分の実生活がある程度以上に厳しくなると、そういう運命を与えた人を、それが誰であれ、単純に恨《うら》むようになることを知ったのである。その原因が朱門であるという状況になることは、かえって朱門に気の毒なような気がしたのである。だから看病にも完璧を期すことを止めようと思ったのである。現実の私には完璧を期すことなどできないだろうが、仮にできたとしてもそれは私の心にどこか恨みの感情を残すかもしれない。

「要《い》らない」「食べない」…

夫が倒れるはるか前から、私たちは自分たちの晩年について簡単なルールを決めていた。もちろんできる限りの健康は図《はか》る。しかし経口《けいこう》的に食物をとれなくなった場合にも、輸液《ゆえき》や胃瘻《いろう》などという形で生き延びるのは、どう考えても願わしくない、ということであった。私たち人間は、寿命だけは、神でも仏でもいい、人間をはるか遙か離れた偉大な存在に決めてもらうのがいい、と考えていたのである。それが人間の分《ぶん》際《ざい》というものであった。

　がんの積極的治療も、もう大抵の場合行わない、ということも決定事項だった。だから私は六十歳から、個人的な健康診断も受けていないし、区がやってくれる肺癌や大腸癌の検診も受けていない。

「その人の存在が、社会のがんそのものみたいな人はがんにならないのよ」

　と嫌味まじりに私の健康を保証してくれる人もいたし、

「作家はよく癌になるけど、銀座のホステスさんでがんになった人って聞かないでしょ。がんって病気もおもしろくて、中間宿主《ちゆうかんやどぬし》には発症しないんだね。曽野さんはホステスっていうほど優しくないけど、どっちかって言うと中間宿主的だからね」

　というでたらめな理論で励ましてくれる人もいた。私たちはそういうはちゃめちゃな世界に生きていること自体が健康にいいのだ、と感じていた。とにかく私はよほどの苦痛がない限り、医療機関に近寄らないことが健康な生き方だと決めていたのである。だから、私が五十歳以後お世話になった医療機関は、白内障の眼科手術と、両足の骨折の時の二回の整形外科手術と、始終《しじゅう》喉が痛くなる時に薬を塗ってもらう耳鼻咽喉科の処置と、歯が少し痛い時にかけつける歯科だった。私たちは自然に老い、生命の糸が燃え尽きる時に死ねばいいので、こんな簡単な話はないと思っていた。

そうは言いながら、私はやはり夫を生かしておくことに、かなり熱心だった。彼も私も、もういつ死んでも誰一人困る人はいないのに、私は朱門が食べなくなっていることに深くこだわっていた。食事の時に何を出したら食べるだろうということで、私は神経をすりへらしていた。

彼は皆と食卓に着くのは好きらしく、食事時には必ず台所の狭いテーブルまではやって来る。初めは自分の足で、次に歩行補助器を使って、病床の生活を始めて一年くらい経った時からは、車椅子《くるまいす》で出て来た。昔ボランティアをしていたおかげで車椅子の扱いには馴れていたので、不器用な朱門にしては珍しく手慣れた扱いで、自分で車を漕《こ》いで来る。それだけだって、今は運動になるのだから、と私は放っておいた。

私自身の体験でも、七十四歳で骨折した時、入院中の病院の別棟にあったリハビリルームまで行くのに、大抵の患者さんが、看護師さんに押してもらって行くのに、私は必ず一人で行った。同行者がいるという人生の歩き方はもちろん楽しいが、一人で出歩くということも時にはまた爽快なものである。行動半径の狭くなった人間の生活では、これだけの運動でも腕の筋肉を使う貴重な機会である。

しかし食卓に着いても朱門は「要らない」「食べない」の連続であった。自分の前に置いてある皿や丼、小鉢の類《たぐい》を押し返す。

必ず飲むのは、朝のスープ、我が家で採った蜜柑《みかん》を搾ったジュースくらいなもので、昼には麺なら半人前近く食べる時もあったし、夜、鰻《うなぎ》を出すと喜ぶこともあった。

私は家族が作ったものを食べないというだけで、胸が痛んだ。時には腹立たしくなることもあった。

私は朱門の残したものばかり食べるようになった。朱門だけの性格ではなく、ケチは私の性質でもあったのかもしれないが、私はそうして手もつけずに残される食物も哀れで捨てられなかった。今、シリアでは、砲撃にさらされた母たちが、ろくな食物も子供たちに与えられないでいるのに、作りたての食事を、そのまま捨てるなどということは考えられない。

しかし本当のことをいうと、私は麵類が嫌いだから、残り物を食べるのは苦痛であった。ことにお汁に入った麵類は一番嫌いだった。人気店の前に、長い列を作ってラーメンを食べる人たちの心理を理解したこともなかった。

私は一日中、朱門が少しでも食べそうなものを考えていた。朝起きると、朝食には何を出そうかと考えている。意外なものだと食べることがあった。鱒《ます》寿司を二切れとか、自家製の牛丼の具を、半膳くらいのご飯に載せたものもうまくいった。朝飯を食べながら昼と夜の食事を考えている。

時々、私は朱門の食べ方を、全く気にしていないふりをした。昔は決してつけなかった食事中のテレビをつけ、私自身テレビに気を取られているふりをしながら、朱門の食べ方を見ていた。無視されていると、案外食べることもある。食後に飲むお茶の量も、朝からどれだけ飲んだか、トータルの量を私は記憶していた。思いのほか食が進むと、私は彼の耳の聞こえが悪いことをいいことに、家事を手伝ってくれるブラジル人のイウカさんに「見て見て、全部食べたわ！」と小声で言うのである。耳が遠いということは、こういう場合、まことに便利であった。

柔らかな威厳を保つ病人、老人になるために

どれほど「おうち」の好きな朱門でも、時々は誰か専門家の手に預けて、二晩三晩だけでも心配せずに出かけたい、と私が画策するようになったのが、二〇一六年の十二月頃のことである。息子夫婦と知人の看護師の廣子さんが相談に乗ってくれて、私たちはまず朱門をショートステイという「短いお泊り」に出してみることにした。比較的近い場所にある介護付き有料老人ホームが、そういうことも引き受けてくれる。そこでは専門の看護師さんが夜中でもいてくれるし、朱門がトイレに立ち上がれないような事態が出てきても、何とかなるだろう。

私はこの施設の看護師さんたちの、専門家としての訓練にも人間性にも深く惹かれた。どの人も「息子の嫁にほしいような人ばかりよ」と私は笑いながら言っていた。うちの息子は年を取り過ぎているが、世間にはこういう台詞《せりふ》があるのである。事実、朱門はこうした看護師さんたちから優しく扱われて、かえって元気になり、あやしげ

な手相を見てあげたり昔の話をしたりしていたことが後でわかった。

「手相は何て言われました?」と聞いたら、「職業は成功するけど、結婚運はない、と言われちゃいました」と、あまりデリケートな心遣いはなかったようだが、若いガールフレンドができたようでどんなに楽しかっただろう。

私の同級生のご主人に、東大法学部を出て一流企業に勤めたが、やはり晩年長く病まれた方があった。朱門はそれでもコンビニへお弁当を買いに行くようなことも好きな人だったが、そのご主人は、弁当の買い方もわからないような方だった。しかし芯は本当のジェントルマンだったので、最期まで看護師さんたちにもてたようである。この部分が実に大切だ。たとえ体は不自由でも、感謝を知り、言葉遣いとその内容が逸脱せずにいられれば、病人といえども性的な魅力と柔らかな威厳を保てる。

そのような病人・老人になるために、その場になってにわかに訓練を積むということは不可能だ。若い時から、礼儀正しく異性と付き合う訓練をし、どんなに体力がなくなっても、男性なら最後まで女性を庇《かば》う立場だ、という覚悟も必要だ。

八十歳を過ぎても、朱門はまだ女性を庇う行動をはっきり採れる人だった。私たちは、その頃、シンガポールの古いコンドミニアムを持っていて、毎日のように町へ出かけたのだが、銀座四丁目の交差点のような場所の地下通路には数段の階段があった。若いお母さんが一人の子供の手を引き、もう一人を乳母車に乗せているような場合、彼女はこの数段の階段で難渋《なんじゅう》した。すると朱門は必ず空の乳母車を担《かつ》ぎ上げる役を買って出ていた。日本の男には珍しく、彼はこういう時、全く心理の抵抗なく女性を助けるたちだった。

同じ、八十歳、九十歳を生きるにしても、どういう最後の日々を送るかは、その当人が「創出」すべきことである。孤立し、周囲と無縁で口をへの字に曲げ、利己的で不機嫌なお爺さん・お婆さんとして生きるか、最後まで周囲に気を配り、少しだけ服装にも関心を持つ明るく楽しい老人になるかは、厚労省の決めることでも、地方自治体が指導することでもない。それは各人が若い時から、意図的にデザインすることだろう、と私はいつも夫の姿を見ながら思っていた。

最期《さいご》の桜

二〇五五年には老年人口が四十パーセント台に

時々、統計を見て愕然《がくぜん》とすることがある。

日本の人口が減り始めたのは、二〇〇五年からだというが、もし統計というものが信頼するに足りるものとすれば、二〇五五年には六十五歳以上の老年人口が四十パーセント台になるという。

すでに最近でも、町を歩くと、若い人より年寄りが多いなあ、という印象があるが、町を歩ける高齢者はまだ自分で動けるからいいのである。自分で日常生活を送ることのできない高齢者は、それだけで若い世代の足を引っ張ることになる。

三十五年後といえば、今三十歳のサラリーマンが、六十五歳になる時には、既にその困難が現実のものになりかけている。ピークは二〇六五年頃で、老人は四十三パーセントに近づくという。三十歳だった若者が七十五歳の長寿に近づくのを少しも喜べない、ということだ。その頃には、半分に近い人が老人なのだから、老々介護はごく当たり前のことになる。助けてあげようにも、働き手がないのだから、年寄りは放置される他はないという惨状が、目の前に迫っている。

「子ども手当」で子供を持ちやすいようにしようとか、保育所を増やせば働くお母さんも子供を産もうという気になるだろうとかいろいろ言うけれど、私はそんなことは根本的な解決にはならない、と思っている。

体外受精による妊娠をあてにすれば別だけれど、子供はごく単純に人間の性欲の結果として生まれるのである。しかし今はその欲望が弱すぎる。というより、セックスよりおもしろいものが、他にたくさん出てきたから、相手の気も兼ねなければならないセックスなどめんどう臭くなってきたのだという。

途上国にボランティア活動のために赴いた日本の若者たちが、素朴な印象としてまず言うことは、「電気のない村では、夜になると他にすることが何もないから、セックスをするんです。それで子供が増えるんです」ということだった。「だから途上国の貧困を防ぐために人口をこれより増やさないようにするには、まず電気を引いてテレビを普及させることです。それでほとんど人口問題は解決しますよ」と彼らは言うのである。

実際都会の男女はその点、さまざまな気晴らしの方法を知っている。夜の町には、私が書き切れないほどいろいろな刺激があるらしいが、問題は家に閉じこもっている若者も、生殖にはあまり関与しないという点だ。

その原因はコンピューターである。あの画面の前に何時間も座っていることを最も愛する一種の中毒患者が増えている。麻薬ははっきりと悪だから、周囲の弾圧を受ける。しかしコンピューターの前で何をしているかは、実は当人にしかよくわからない。大変な学問的研究をしている学者も、知識の断片みたいな覗《のぞ》き見趣味に浸って無駄な時間を使っているにすぎない人も、外からはよく判別できないのである。

私がＩＴ中毒を恐れるのは、それが人と交わらなくても済む生き方だからだ。これまで人間が生活するということは、肉体労働であれ、知的作業であれ、やはり基本的には他人と関わり合いながら共同作業をすることだった。それによって私たちは人間というものを知り、言語を使いこなすようになり、肉体的苦悩も心が満たされる幸福も知った。他人は愛の言葉もかけてくれるし、労《いたわ》りや励ましも態度で示してくれる。握ってくれる掌は必ず温かい。もちろんその他人という存在は、殴ったり、奪ったり、傷を負わせたり、殺したりすることさえある。すべてそれらの現実の禍福を、私たちは心身両面から受け止めて生きてきたのである。

しかしITの世界では、自分は全く傷つかない。ヴァーチャルリアリティの世界は、モニターの画面でどんなに過酷な闘いや冒険が行われていようと、見ている人間は実際の敵の攻撃にさらされることもなく、暑くも寒くもなく、砂埃《すなぼこり》にも塗《まみ》れず、飢えることもなく、疲れもせず、眠れないこともない。機械を止めさえすれば、私たちはたちどころに平穏な生活に戻って、食事を摂《と》り、入浴をして、柔らかな布団に入って眠ることができる。

話が少し脇に逸《そ》れたが、とにかく現代人は、架空世界に遊び続けるという一種の麻薬中毒患者の生活を合法的に許されるようになった。登校拒否児童も、会社へ行けない男も、モニターの画面の前に座っていれば、外界と繋《つな》がっているような錯覚を感じることができ、しかも自分は知的人間の暮らしをしていると装うこともできるのである。

しかし、ITの世界は子供を産まない。この人口の変移の問題は現実的だ。現実の生活から遊離した暮らしを続ければ、今の若い人たちは、周囲の半分に近い人たちが老人で、しかももはや介護を受ける人手もない、という事態を体験するのである。

長寿になったら、どうなるのか、というシミュレーションを、今から三、四十年前の学者や官僚はしなかったのか、と思う。中国はもっと深刻だろう。一人っ子政策を推し進めれば、今にどんなことになるか、素人《しろうと》でも薄々憶測がつく。しかしその過程を中国共産党の恐怖政治が推し進めてきたのである。

老人は自己責任で自然死を選ぶべき時代が来ている

現実に戻って考えてみると、私は一定の年になったら、もう丁寧な医療行為は受けないつもりになっている。一定の年は幾つか、それはめいめいが決める他はない。丁寧な医療行為なるものは何を指すか、それもめいめいが考えればいい。

しかしいくら年寄りだろうと、そこにいるのは生きている人間だ。見捨てていい、と私は言っているのではない。痛みがあれば取り除くようにし、食欲がなければ、少しでも食べたいものを思いついてくれるよう家族や友人がいっしょに考え、希望を叶《かな》えるのに全力を挙げたらいい。興味のある話題を共に語り、何とかして行きたい場所に連れて行くのもいい。たとえ一ページしか見る気力がなくても、本や雑誌を買って来て見せてあげたい。私のことを振り返れば、夫は晩年体力が著しく低下し、食欲がなくなっても新聞や本だけは読みたがったので、なるべくそれらを欠かさない生活を送れるようにしていた。

季節はその間にも移りゆくだろう。人間はすべての人がいつか「これが最期の桜」を見ることになるのである。私の知人が入院していたホスピスでは、病人の息子が花見の計画を立て、車で迎えに来てくれて隅田川のほとりをドライヴする日程が決まると、その時間帯には点滴の針を外して遊びを第一にしてくれていた。予定通りの栄養剤の量が入らなくても、息子と最期の花見をする方が大切に決まっていたからだ。

途方もない手厚い看護のためにお金と人手も掛けてまで老年を長く生き延びることを、私は少しも望んでいない。適当なところで切り上げるのが、私の希望だ。

しかしそれをどの点で切るか、ということは誰にも言えない。医師も無理だろうし、厚生労働省が規則や数値で出せるものでもない。それは責任を持って、当人と、当人を愛していた家族が決めればいいのである。そしてその結果を病院の責任にしたり、すぐ法的な裁判に持ち込まないような社会風土をつくるより仕方がないのである。

後期高齢者の健康保険制度は、収入に応じて負担率が変わるようになった。私は数字に弱くて、いちいちその経過を追う気にもならないが、目下のところ私は働いているので、健康保険は三割負担だ。そして年に五十万円の保険料を払っている。しかしありがたいことに、私はほとんどこの保険を使わなくて済んでいる。怪我をした足が週に二、三度痛むことがあると、その痛み止めの薬は売薬としては売っていないので、整形外科で処方箋を出してもらわねばならない。しかし、その薬を購入する時だけしかここ半年ほどでも保険を使っていないのである。

損じゃないの、と私の知人で言う人がいるが、私は少しもそうは思わない。私は幸運なことに内臓が丈夫なので、医療機関にかからなくて済んでいる。しかし私の年頃では、毎週二度三度と、お医者通いを仕事にしている人はかなり多い。

それはその人たちにとって、いい運動であり気晴らしなのである。そこで電気を掛けたりリハビリの運動をしたり、顔見知りに会って帰りにおそば屋に寄り、楽しくお喋《しゃべ》りをしながら食事をしたりする。その人にとって社会がまだ失われていない証拠だ。もしこの状態が続けば、私は毎年、五十万円の寄付をして、体の弱い人を助けていることになる。

出したお金が、意味のないことに流用されてしまうこともあるというが、この日本国家の組織を利用した後期高齢者の健康保険は、まあまあそれを必要としている人に回されているのだろう、と私は思いたい。医療機関と製薬会社が結託して、不必要な薬に莫大《ばくだい》な金を使っている、という話はよく聞く。インフルエンザの予防ワクチンなど、効くわけがない、自分は一切予防接種など受けない、という医師もいる。

しかしとにかく普通の病人は、病気に罹ったら、医師にかかりたい。その希望を叶《かな》えるのが、文化国家の最低の条件である。

それでも私はこの頃違うことを考えるのだ。老人は自ら納得し、自分の責任において、或る年になったら、自然死を選ぶという選択がそろそろ普通に感じられる時代になっている。これは自殺ではない。ただ不自然な延命を試みる医療は受けない、ということだ。そして万物が、生まれて、生きて、再び死ぬという与えられた運命をごく自然に納得して従うということは、端正で気持ちのいい推移なのである。

それには、いつも言うことだが、その人の、それまでの生が濃密に満ち足りていなければならない。思い残しがあってはならず、自分の辿った道を「他人のせい」にして恨んではならない。

人は老齢になるに従って、具合の悪いことを他人のせいにしがちだ。死ぬまで人生の舵《かじ》を取る主《あるじ》は自分だったと思える人は、或る時、その人生を敢然《かんぜん》と手放せるはずである。

澄んだ眼の告げるもの

身の回りに起きる詰まらぬことを楽しむ

サマセット・モームというイギリスの作家は、一八七四年にフランスの英国大使館の顧問弁護士であった父の息子としてパリで生まれた。私は若い時からこの作家が大好きであった。その作家の作品を読むことで、私が本当に楽しみ人生を味わうことがあるとすれば、モームが第一である。ドストエフスキーもシェークスピアも、どこか努力して読まねばならない点があってこうはいかない。

私は若い時から自然にというか、運命的にというか、東南アジアを歩くことが多かったので、自然モーム的世界によく触れることになった。しかしそれとは別に、私の外界の受けとめ方がモームとつくづくよく似ていると思うことが多いのである。ほとんど至るところ、ということは、ここは違うと思うところもはっきりしているということだ。その鮮明な違いも快い。

モームはフランス訛《なま》りの英語と吃音《きつおん》で苦しんだというが、私は吃音ではないが、モームのようにフランス語もドイツ語もできない。しかし二〇一〇年の四月に、東京大学名誉教授、行方昭夫《なめかたあきお》氏によって『モーム語録』という抄録集が出版された。私の知らない部分もたくさんあるし、忘れているディテールもあるが、改めて一人の作家を通して自分の人生に思いを馳《は》せることのできる快い刺激をたくさん受けた。

モームは老年自体にも辛辣《しんらつ》な眼を向けている。老人は、自分と同じような年頃の人たちと付き合うように心がけるべきだ、と言いながら、それが多分楽しくないことだろうと予告もしている。

「招かれた者がみな片足を半分棺桶《かんおけ》に突っ込んでいる者ばかりのパーティに招かれるのは、本当に気が滅入る。馬鹿は年をとっても相変わらず馬鹿で、年寄りの馬鹿は若者の馬鹿よりはるかに退屈だ。寄る年波に負けまいとして、ぞっとするような軽薄な態度をとる老人と、過去の時代に深く根を下ろしていて、自分を残して進んでいった世間に腹を立てている老人と、一体どちらがより我慢できないかわからない。こうしたわけで、若者には歓迎されず、同年輩の者との付き合いは退屈だということになると、老人の前途は暗いように思えるかもしれない。結局残る相棒は自分だけである。私は、自分自身を相手にすることにもっとも永続的な満足を感じてきたことを、特に幸せだったと思う」

モームは私と似て、パーティ嫌いであった。モームは老齢を理由に欠席することができるようになった一種の幸運を喜んでいるが、私はまだ老齢に達する前から、パーティに出席しなかった。止《や》むなく何かの理由で出席すれば、途中で逃げ出すことをモームと同じように考えている。

その結果、残るのはごく身近な周囲と、自分だけだ。自分の周囲の世界は、老人の常としてけだるく座っているだけでも見える。私など近視が治って、かなり遠くのものまで見えるようになったので、座して見える世界だけでけっこうおもしろいのである。

観察に最も適した相手は実は自分なのである。自分が観察者であり、同時に被観察者である。実のところ私などは、自分の周囲の人生を眺めるだけで手いっぱいなような気がする時がある。遠くは意味が薄くなるし、眼が霞《かす》んではっきり見えません、などということにも解放感を覚えている。

モームと私がとりわけ似ていたのは、長い人生の間に誰と付き合うか、ということだった。私は一作家としてなら無縁のはずだった世界的有名人に、かなりたくさん会った時代がある。六十四歳から七十四歳までの九年半、日本財団の会長を務めたからである。作家曽野綾子が会ったのではない。日本財団会長という立場は、フランス大統領にもアメリカの元大統領にも、アフリカの国王にも現大統領にもお目にかかると いうだけのことだ。イギリスの王子さえ財団をお訪ねくださった。それは私のような「やはり野におけ」という言葉が一番ぴったりしそうな立場の者には、法外な光栄というべきだろうが、私が最も情熱を注いでいる創作の世界には全く寄与しなかった。

私は「偉い人に会った会見記」を、簡単な日記以上の情熱で記したことはない。スワジランドの国王の王宮も、近代と伝統が強烈に共存していておもしろかった。ウガンダのムセベニ大統領も、ガーナの元大統領のローリングス氏も実に闊達《かったつ》な小説的な人物だった。しかし私の作品には登場しなかった。その理由をモームはきちんと代弁してくれている。

「作家にとって、無名の人のほうがより肥沃《ひよく》な畑である。その意外性、特異性、無限の多様性は、限りない材料を提供してくれる。偉人は首尾一貫していることが非常に多い。凡人は矛盾する要素の塊である。これでもか、これでもかというように尽きることなく、驚かせてくれる。無人島で一カ月を過ごすとなったら、総理大臣より獣医と一緒のほうがずっといい、と私は思う」

またモームはこうも書く。「私が旅をするのは、人と会うためである。しかしお偉方は避ける」。これはまさに私も百パーセントその通りにして来たことなのである。私は財団の幹部の一人に、有名人に会う仕事をできるだけ押しつけて、私自身は貧しい土地を歩いて、その付近にいる人たちと接することを選んでいた。つまり私は自分の仕事を優先していたのである。有名人たちは首尾一貫しているというより、首尾一貫している部分しか、外部、ことに国際社会には見せない。本当は個人的に人種上の相剋《そうこく》に悩んでいたり、土地のおおらかな習慣だといえばそれまでだが平気で時間にだらしなかったりする。自国で農業会議を開いた時、客人として来ていたカーター元アメリカ大統領を始め、アフリカ各国の首脳を一時間半も待たせた主催国ウガンダの大統領ムセベニ氏が、その一時間半の間何をしていたかは、本当は充分に小説的だ。作家は妄想としてその一時間半の物語を創ることはいくらでもできるが、それはやはりあまり紳士的なやり口ではない。

つまりモームも私も、身の回りに起きた詰まらぬことを、充分過ぎるほど楽しんで来たのである。世間の人は、きらびやかな王室や、南仏の豪華な別荘族や、アラスカで千八百キロを走らせる犬橇《いぬぞり》レースの優勝者や、ウォール街で巨額の富をなした人などが、小説の主人公としてふさわしいように思っている。事実日本にも、はっきりとそれとわかる政界や財界の大立者を主人公として、その裏面や悪を暴《あば》くような小説で、大ベストセラーになる本も時々はあるようだ。或いは小説化された歴史的人物の生き方から、我が人生の身の処し方を学ぼうとする人も世間に多い。

しかし私は、伝記小説の真実性を全く信じない。私自身のことで、起きたことのないことを真実として書かれたことがあまりにも多いからだ。まだ生きている私でさえそうなのだから、名の知られた歴史上の人物の生涯が、実はこうだったと後になって他人が書くのは、百パーセント正しくないだろう。第一、憶測で書くのは無礼である。そこに書かれていることは教訓にもならないし、無理にそこから学ぼうとしたら、とんだ軽薄な行為になってしまう。

これ以上何を望むのかと、しっかりと自分に言い聞かせる

私は自分の視野の中に見えることで、たちまち短編ができる、と思うことがあった。モームの作品も、完全に創作だという態度を取りながら、人生の或る真実、それもこの辺に転がっている平凡な事実の魅力を伝えている。それは多分、書かれている事実と光景が、非常に普遍的な、つまり平凡なものの場合が多いからだろう。働き者は善人、怠け者は悪人とする古い道徳に真っ向からメスを入れた『蟻《あり》とキリギリス』や、平凡に流される運命の中に小さな幸福を見つける達人を描いた『漁夫の子サルヴァト

ーレ」や、先入観に曇らされる人間の眼の暗さを見せつける『詩人』や、小さな個人の生活に介入された時に爆発する人間の怒りのすさまじさを見せる『奥地駐屯所』など、私たちの周辺にいくらでもあるテーマを、モームは大切に描いたのである。

だからモームにとっても「人間を観察して私が最も感銘を受けたのは、首尾一貫性の欠如していること」であった。私もまたモームと同じように「私には鋭い観察眼があり、他の作家が見落としている多数のものを見ることができた」と自信を持って言いたいと思う時もあり、そんなことも気がつかなかったかと我ながら自分に呆《あき》れる時もあったと言う他はない。両方の才能があったからこそ、私は多分作家になれたのである。

こうしてたくさんの人生を見ていれば、人は、自分の生涯の何倍も生きてきたと思うようになる。若死にした友を思って、「あいつはかわいそうなことをした」と言うなら、モームほど多彩な人生を見てきたという自覚があれば「よくぞこれほど生きて来た」と思えて当然だろう。

現実のモームは九十一歳まで生きて、生きることに疲れたというけだるげないい文章を書いている。

「もうたっぷり経験しましたよ。すべてのことをあまりに何回もしすぎた、あまり多くの人を知りすぎた、あまり多くの本を読み過ぎた、あまり多数の絵や彫像や教会や豪邸を見すぎた、あまり多くの音楽を聴き過ぎた、と思う日があります。私は不滅の生命を信じていないし、望んでもいません。静かに苦痛なく死んでいきたい。最後に息を引き取ったとき、自分の魂が願望や弱点もろとも無に消えるということで満足です」

私はモームと違って死後の運命に注文を出す気もない。ただどんな運命も、平凡な人間として、大多数の人と共に従いたいと思う。しかしこの文章の前半は教訓的である。私たちは多くの人に会うことも、本を読み過ぎることも、絵や彫刻や教会や豪邸を、所有することはできないが、見過ぎることは確かにその気になればできる。音楽を聴き過ぎることも今日《こんにち》の日本では可能だ。そのようにして私たちは現世から多くを贈られ、これ以上のことを何を望むのかと、しっかりと自分に言い聞かすことはできるのである。

馬とニンジン

晩年はひっそり生きて、静かに死ぬ

私は実際に見たことはないのだが、馬の背中からニンジンをぶらさげた竿を伸ばして、ニンジンが馬の鼻面《はなづら》の先にぶらさがるように調節しておく。すると馬はそのニンジンを食べようとして走るのだが、馬が走ればニンジンも先へ行くので、馬は永遠にニンジンを食べられないわけである。

これは残酷というか滑稽《こっけい》な図なので、知性のある人間のひっかかる状況ではないだろう。しかし私は自分の鼻面の先に、ほとんど口が届くことのないニンジンがぶらさがっているのをめがけて自分が走る姿を想像しても、あまり情けないとは思わないどころか、この構図を時には利用して、意志の弱い自分を走らせようと企《たくら》む方なのである。つまり私は自分一人で、悪巧《わるだく》みのある飼い主と愚《おろ》かな馬と、双方を演じられる機能を持ちたいのである。

人間は、死の直前まで、自分を管理すべきだと私は思っている。別に偉いことをしなさい、というのではない。徐々に衰え、最期には、口もきかず、食欲も失い、ただ時間が死に向かって経っていくようになることは、自然だ。しかしどんな場合でも、できれば人は他人に迷惑をかけず、密《ひそ》かに静かに、死ぬという仕事を果たしたらいいと思うのである。

自然にそのような状態に移行するためには、却《かえ》って日々刻々目標がいる。つまり馬が鼻先のニンジンを食べようとする、あの行動だ。少なくとも私はそうである。私はいつも分単位か時間単位か、その日一日単位かで、目標を決めることにしている。それが道徳的にいいと思っているのではない。その方が楽だからだ。漠然と時の流れに身を任せるということが、人間が小さいので、できないのである。

それは次のような感じで行われる。この飲みさしの湯飲みを流しで洗ったら、次に空になっている薬罐《やかん》に水を満たしておこう。これが分単位の目標である。

次に溜まった新聞を読み、古新聞として溜めてある場所に捨てる。それから畑に出て百合《ゆり》の花を切り、家中の花瓶の水を換え、朽《く》ちた花を始末して活け直す。これが大体、次の時間単位くらいの目標だ。

本当にこうした計画がないと、私は暮らせない。行動が支離滅裂になって、何をしているのかわからなくなる。だからこうして計画的に家事もするのは、他人のためではない。自分のためなのである。

人の中にはいきなり死を迎える人がいる。若い時の突然死や、まだもっと生きるつもりでいた人の急死である。しかし多くの人は、予兆の中で何年かは生きる。次第次第に運動能力が弱まり、疲れ易《やす》くなって多くの仕事ができなくなる。

私が最近、お風呂に入ってから寝仕度をする時、「今日はお風呂をさぼろうかなあ」と思う日があるようになったのは、まさに加齢のせいなのである。しかしその時、放っておけば、私はすぐ入浴をさぼり、ついでに寝間着《ねまき》に着換えることさえ、さぼるようになるのではないか、と思う瞬間がある。だから仕方なく私は自分に抗《あらが》うように目標を立てる。

なぜ目標を立てるか、というと、その方が私は静かに暮らせるからである。静かに、というのは、乱れず目立たずに生きてやがて死を迎えるためだ。私は晩年の目標を、できたらひっそりと生きることにおきたい、という点にかなり心を惹《ひ》かれているのをこの頃しみじみと感じる。

もし私が目標を立てずに生きていると、私は不潔になったり、病気になったり、異常にやせたり太ったり、家の中が乱雑になったりすることで、つまりはひどく目立つような存在になりそうな気がするのである。

遺品の始末をしやすいように、ものは捨てる

もうずいぶん前のニュースになるが、二人の子供を放置して家を出て、結局子供たちを死なせた女性のマンションのベランダの光景がテレビに映し出されたのを見て唖《あ》然《ぜん》とした。今どき、あれくらいの乱雑な家はいくらでもあるのかもしれないが、ベラ

ンダはごみ捨て場だった。買ってきて食べた後の弁当殻のようなものもあったように思う。食物の残りがこびりついたままの弁当殻は、夏なら腐敗して臭気を発し、やがて人の注意を惹くようになる。これも一つの目立つ理由である。

私も若い時は、結構書斎や台所を、乱雑にしておいたものだった。しかし年を取るに従って乱雑さは、体にこたえるようになった。本の上に本が載っかっていると、その下にある目指す本が心理的にも取り出しにくくなる。雑物の間を歩けば、ものに躓《つまず》いて転びそうになる。その結果、狭い居住空間を広くするためにも、ものは少なくしなければならないということがわかってくる。つまり生活は単純でなければならないのだが、そのためには捨てる、並べる、分類する、というような作業が要るのである。このことがわかったのは、加齢によって極めて自然な意識の変化が生じたからである。

ごく最近、或る日私は、古今東西の哲学者も、これほどすばらしいことは考えつかなかったろうと思われるような偉大な智恵を思いついたのだ。それは一日に必ず一個、何かものを捨てれば、一年で三百六十五個の不要なものが片づく、ということだった。これを思いついた私は天才ではないか！と思ったのだが、まだ誰もホメてくれた人はいない。

しかし私は、毎日ではないにしても時々このことを思い出して実行している。一個でもものを捨てて生活を簡素化すれば、それだけ効果は出るはずだ。これを死ぬまで、一年でも十年でも続ければ、それだけ私の死後、遺品の始末をする人は楽になる。

ロシア系ユダヤ人を両親にフランスに生まれた哲学者のウラジミール・ジャンケレヴィッチは、一定の長い時間をかけて死をもたらす二つの要素として、倦怠（主観性）と老化（客観性）を挙げたが、偶然私が自分の鼻先に意識的にぶらさげたニンジンに辿《たど》り着こうとする愚かな目標を作ったことは、この二つの要素に、弱々しく抵抗するものなのである。

倦怠という状態は、実に高級な魂の反応を促す場だということを私は昔から知っている。倦怠の中でこそ、人は自分で自分の魂の生き方を選ぶ。アウシュヴィッツの強制収容所や、中国の社会主義社会の中では、人は倦怠など許されない。生きるために、権力の追い立てる方向にまっしぐらに走らなければならない。しかし倦怠はまた、徳を乱す場でもある。姦通《かんつう》に走ったり、浪費を生きるよすがにしたりする。そんな見え透いた経過が恐ろしくて、私は、倦怠など一日も感じたことがないような生活に、半ば意識的に自分を追い込んで来た。倦怠が実は、偉大な精神の誕生の場かもしれないと思いつつも、倦怠という時間を生かせなかった場合の怖さを考えて、私は卑怯《ひきょう》にもそれを回避してきた。

目標があれば倦怠ということはないのだし、目標に従って労働をすれば、いくらか鍛練になって肉体の老化も遅らせることができる、ということかもしれない。できたら目立たずに老年を送る、という点に話を戻せば、これは純粋に趣味の範疇に属することであって、善悪でも道徳でもない。

大方の世間の人は、目立つことがその人の資質の偉大さを示す要素だと考えることが多いようだ。だから天皇陛下や総理大臣にお会いしたり、叙勲されたりすると知人を招いて祝賀会を開き、高価な記念品を配ったりする。しかし私の見る所、老人になって真に力をもつ人は、沈黙し、目立たない暮らしを愛している。そのことを私は体験によって教えられたのだ。

私は何度か団体で外国旅行をしたことがあるが、その中で体力、知力において、年相応の若さを保っている人は、その存在が目立たないものだ、ということを知った。人間はグループの中で、普通の速度と自然な姿勢で歩いている人のことは、ほとんど注意を払わない。歩きが遅かったり、車椅子だったりする人がいつも気になる存在になるのである。

意識の働きも同じだ。ごく普通にグループに混じって行動できる人のことは、誰もあまり気にしない。一人遅れたり、買い物の時お釣りを貰《もら》えなかったり、忘れ物をしたり、やたらにトイレに行きたがったり、不自然な高笑いをしたりすると、そこで初めて目立つ存在になるのである。

できれば目立つ存在にはなりたくない、と私はそれでもおしゃれのつもりで考えたのである。ごく普通の、空気のように、いるかいないのかわからないような人が、老年としてはしゃれている。

持って生まれた性格が私のように悪かったり、生来お喋《しゃべ》りだったりすると、この影のような密かで美しい老年にはなかなかなれず、それは死という消滅の状態への最も自然で粋《いき》な移行がなかなか素直にいかないということに繋《つな》がるのである。

要らない品々は手放す

或る年の正月に、私は急に家の中の整理を始めた。「怠け者の節句《せっく》働き」とは実によく言ったものである。着物や帯、洋服そのものよりスカーフ、ショール、ハンドバッグなどの付属品で、私がもはや使わないだろう、と思う品物は何十年分も溜まっている。よくクリーニングに出していたので、不潔でもいたんでもいないのだが、六十四歳から七十四歳まで、財団に勤めたこともあって、普通の主婦ならこんなには要らないと思うほどある。

それを片づけだしたら、関西から帰って来ていた息子のお嫁さんも手伝ってくれた。私は転勤族の妻にも娘にもなったことはなく、転居など疲れるばかりで真っ平だと思い続けていたのだが、引っ越しの時に捨てる物の判断の素早さは評価されたことがある。

シンガポールで二十年ほど使った古いマンションを引き揚げた時など、日系の引っ越し屋さんが、インド人、マレーシア人、中国人など様々な人種混合の手勢を連れてやってきてくれたのだが、ソファやテーブルやベッドなど大きな物は置いていくという方針は決めていても、他の品物を捨てるか日本に送るかの判断は、その場でしなければならなかった。しかし私はどんな物でもほとんど一瞬で捨てるか持って帰るかを決められたのである。躊躇《ためら》うことがない。私は職人仕事が好きだから、二十年間に町で買った東南アジアの実用的な民芸品などもかなりあったのだが、東京に持って帰るかどうかの判別はあっという間に終わった。誰か私以外の人が、それを有効に使ってくれることは願ったが、私は捨てることに悲しみも辛さも感じなかった。

正月早々の「働き初め」も実に効果的に終わった。しかしもう体力がなくなっていたから、ひどく疲れはしたが……。棚や引き出しがみるみる空になるので、息子の妻は少し驚いたようだった。その決断の素早さの理由を尋ねられたが、六年ほど前になるシンガポールの引っ越しよりもっと楽にできたのは、私が自分の未来を確実に見通せるようになっていたからであった。

近年の日本のことだから、私は九十代になってもまだ生きているかもしれない。しかし九十代になったら、もう外出をする気はなくなるだろう。仮にできたとしても人迷惑だから、私はあまりしたくない。服だのハンドバッグだのというものは、外出のために要るのである。

私の計算は単純なものだった。後五年は、外出のためにそうした品々を少しはとっておこう。しかしその先の分は要らない。だから手放す。

「忘れ去られる」という大切な運命

私は忘れられることが、少しも嫌ではない。

死者について、世間は日々うとくなり、やがてその存在すら忘れてしまう、という悲しみを持つようだ。つまり死者はもう「有効な者」ではなくなるという考え方である。

しかし私は昔から違う。死者は、死の瞬間から、偉大な任務に向かって働いている。それは「忘れ去られる」という大切な運命に加担し、その変化のために働いているということである。
日本語では「蛍の光、窓の雪」という歌詞になってしまうスコットランドの古民謡、

"Should auld acquaintance be forgot,
and never brought to mind?
Should auld acquaintance be forgot,
and days of auld lang syne?"

の歌の原本には隠された意味があるようでおもしろい。
「死者は忘れ去られ、
決して脳裏に戻らないものであってよかろうか」
原文はそうなるが、その文章の背後には、「死者は忘れ去られ、人々の脳裏にも戻らない存在になる」という厳しい原則が前提としてある。でも優しい人々の情は、い

つまでもその人の存在を忘れないということなのだ。

しかしすべての人の世の理《ことわり》は「忘れる」という方角に動く。もしすべての人間が永遠に居残り、その存在自体もあらゆる人から忘れ去られなかったらどうなるか。新しい生きた有効な人物もその才能も、社会に入りにくくなるだろう。それは私の古い家に、昔ながらの家具が居すわっていて、その部屋が新しい目的のために使われねばならなくなっても、それに適応しないのと同じである。その家具がなくなってこそ、その空間が新しい要求に即応するのだ。

微笑《ほほえ》んでいる死

モミジの深い生き方

二〇一〇年九月六日付の毎日新聞に、「コラムニスト兼某社勤務」とご自分の肩書を書いておられる小林洋子さんが、「マングローブの黄色い葉」というエッセイを書いておられた。私はガーデニングが好きなのだが、ほとんど夜学で必要な知識を覚えた。つまり夜、寝る前に少しずつ植物の本を読んでいったのである。だからどなたの書かれるものでも、熱心に教科書として読む癖がついている。小林さんのエッセイも、その一つだ。

この方は、夏休みに西表島《いりおもて》に行った。緑のマングローブの繁《しげ》みの中に黄色い葉も見える。マングローブも黄葉するのですか、という質問に土地の人は、「いいえ、あれはオヒルギの、塩《えん》をためた葉です」と答える。マングローブは、「海水が混じる水域に生育するので、塩分を根の細胞膜でろ過する。それでも吸い上げてしまった塩分を、木は生きていくために、特定の葉に集める。塩が十分にたまるとその葉は黄色くなり、やがてポロリと水面に落ちていく」。せつないではないか。選ばれるのは古い葉なのであろう。塩分を一身にため、木や他の葉たちを守るために落ちていく老兵を思い、涙する。

ヒルギは貴重な木である。

かつて私は暑いトルコの巨大なアタチュルクダムで、このダムも次第に水位が下がっている、ということを聞いた。つまり流入する水が少ないのに、巨大な湖面から絶えず水が蒸発してしまうからだという。

「何とか方法はないものでしょうか」

と私は日本に帰ってから土木の専門家に尋ねた。私は長い年月素人《しろうと》なのに土木の勉強をして来たので、私の無知に辛抱強く答えてくれる先生もいるのである。

「まあ、蒸発を防ぐことでしょうなあ」

「で、それにはどうしたらいいんでしょうか」

「ダムに蓋《ふた》をすることですなあ」

これは正論ではあるが、冗談なのか、絶望の表現なのか私にはよくわからなかった。しかしとにかく蒸発を防ぐには、蓋まではいかないまでも周辺に木を植えることは効果的であるらしい。しかしアタチュルクダムの近辺は、木一本生えていない暑い暑い荒れ地であった。

そもそも私はそういう土地についても無知であった。アフリカも同じなのだが、年に九カ月はカンカン照り。残り三カ月だって毎日雨が降るわけではない土地というものは世界中に多い。水がなくて作物が作れないのなら、水溜まりだか農業用水の池だかを掘って水を溜めておけばいいじゃないですか、と言うと、「その考えは大きな間違いなんですよ」と言われた。安易に水溜まりを作ると、そこに塩が集まって、周囲の土地まで使えなくなる、というのである。

そんなおそろしい状況は日本では考えられない。荒れ地というのは、塩が集まってしまった土地で、そういう光景を私たちはあまり見たことがない。水稲の連作が可能なのは、毎年毎年、畑を水で洗い流しているからだ、という。

「そういう塩の強い荒れ地には、植えられる木はないんですか？」

と当時私は会う人ごとに尋ねていた。その答えは数年後に与えられた。まじめな優しい人がいて、私の質問に答えてくれたのである。塩分に耐えて生きるほとんど唯一の木はヒルギであった。つまりマングローブである。そして今、私はマングローブについてまたあらたな知識を教えられたのであった。マングローブといえども、塩水を無限に消化するものではない、ということである。

七十代半ばに足を折ってから、私は現実に農業をする機能に欠けてしまった。足首がまだ自由には動かないのである。しかしその道に関心があって生きていれば、知識もそれなりに自然に増える、ということであった。これは財産が増えるような、貯金通帳の数字が増えるような楽しいことだった。

マングローブではないが、私の家には、樹齢百年に近いモミジの木がある。九月頃では、そのモミジの葉はまだほとんど緑なのだが、その中に幾枝か赤く、それこそ紅葉しているのか、と思う枝がある。

モミジは、ほとんど整枝というものの必要のない植物だが、もしどうしても切りたい時には、決して鋏《はさみ》を使ってはいけないよ、と私は教えられていた。普通木の枝というものは、完全に枯れていれば別だが、生乾きの時でも簡単に手では折れない。しかしモミジに限って、木は自分で不必要な枝だと思えば、風で自然に折れるようになっているのだ、という。

モミジに対する私の愛着はそれ以来いっそう強くなった。紅葉もきれいだが、私は夏にも「真っ青」と言いたいほど瑞々《みずみず》しい若緑を保ち続けているモミジを庭に植えて、素麺《そうめん》や冷や麦を冷たいおつゆで食べる時の彩りにしていた。しかし聞いてみると、モミジはもっともっと、深い生き方をしている植物なのであった。

既に書いていることなのだが、どうして日本人は、子供にも小学校で、もっと農業の基本を学ばせないのだろう。植物の生き方を知れば、そこには、生は死に繋がり、死は生を生み、その連鎖反応以外に、総体としての生物の命はない、という哲学を知るのである。

今、世間では有機野菜というものが大流行《おおはや》りだ。もう三十年以上前、私が素人の畑作りを始めた頃、世間は無機肥料と農薬に頼り切っていた時代だった。とにかく始末のいい、粒状の硫安《りゅうあん》などの化学肥料をどさっと畑にぶちこめば、作物はうんと採れる。虫を防ぐためには、農薬を撒《ま》けばいい。これで戦前からの問題は解決だ、という空気が一般にはあったような気がする。

しかしまもなく化学肥料と農薬では、土地の力が死に絶えることがわかった。そこで有機肥料の登場である。有機は、つまり生物の死体を利用することだ。腐葉土、腐植土、名前は何でもいいのだが、ようするに、落ち葉の腐ったもの、排泄物をうまく利用することである。

今の若い人たちには想像できないことだろうが、戦前の日本のトイレは水洗式ではなく、貯蔵式で、汚物は床下に溜めておく。だから匂いもしたし、ハエが直接汚物に触れることもあった。それで小児麻痺《まひ》などという病気にも罹《かか》ったのである。

私の学校は外国人の修道女たちによって経営されていた。彼女たちは日本に上陸するとすぐ、芝白金《しろかね》三光町という今では町中（しかも山手環状線の内側）としか思われていない住宅地に四万坪という広大な土地を買い、そこで学校、修道院だけでなく畑も作っていた。ミレーの「晩鐘」の光景みたいな畑が出現していたのである。

修道女たちは、牛も飼っていた。

「え？　白金三光町で牛を飼ったんですか？」

と聞かれると私は、

「ええ、まあ当時は地価も安かったですしね」

などと曖昧《あいまい》な返事をしているが、牛を飼うには必然があったのである。当時の日本人の畑の肥料はすべて「下肥《しもごえ》」と呼ばれる有機肥料、つまり人糞《じんぷん》である。今の人たちには考えられない生活であった。だから当然食物にも寄生虫がついてくる。子供たちは毎月初めには、駆虫剤を飲まされたし、小児麻痺の原因でもあった。

外国では、人糞を使わなかった。牛やニワトリの糞が肥料だったのである。人間の糞は汚くて、動物の糞ならいいというのも、いささか矛盾があるような気はするが、牛は草食、ニワトリは雑食動物である。私も牛糞や鶏糞をよく使い、それを手でいじることにも馴《な》れてほとんど違和感を覚えなくなってはいるが、同じ雑食動物なのに、人間の排泄物はひどく汚いと感じる理由を、実は本当にはわかっていない。とにかく外国人修道女たちは、当時畑を作る以上、肥料を確保するには、どうしても牛やニワトリを飼ってその糞を使わねばならなかったのである。

私には死ぬという任務がある

誰かが犠牲になって死ななければ、その種《しゅ》は生きられない、という宿命は、自然界ではのっぴきならないこととして承認されている。カマキリの雄が、交尾の直後に雌に食い殺されるという運命は、別にカマキリの根性が悪いからではないだろう。交尾して種を残した後も一生雌雄が仲良く添い遂げるという動物もあるのだが、死なない動物はないのである。

戦争中、兵隊として召集され、徴兵拒否もできず、戦地で死んでいった若者たちを思うと、私たちは胸が痛いが、アリもハチも、自分の巣を守るためには疑いもせず、反抗もしないで死んでいく。別にいいことをしたアリやハチが生き残り、戦闘好きな個体が死ぬというわけではないし、このアリの攻撃は軍国主義的で、反対のアリは平和主義だったというわけでもない。アリもハチも、生物学的な運命の中に、そうした計画の一部として組み込まれているのである。

命は誰かが死ななければ生きないのである。聖書では、「一粒の麦」という形でそれが出てくる。一粒の麦がそのままだったら、何も生えてこない。しかし一粒の麦が死ぬからこそ、そこから新しい命が芽生《めば》える。それは一粒の麦にとって無為《むい》な死に方ではなく、生きるための死なのである。

私たちの生涯もそれに似ている。人間の運命は、自分が死ぬからこそ、誰かが生きられる、というわけではない。しかし最近、私は時々、私は死ななければならない、私には死ぬという任務がある、と思うようになった。

すべての事象と物に、新旧命の交代という力が働く。モミジの木が自分で要らない枝を風の力で払うように、地球上では、老いと古びたものが、新しい命に席を譲る。それが自然なのである。

死はだから、無為ではない。

ゴッホは晩年の作である『刈り入れ』という作品で、麦も麦畑も太陽もすべて金色の絵の具でごってりと塗りつぶした。そしてサン・ルミーの精神病院の病室から死の前年、弟テオに書き送っている。

「刈り入れは麦にとっては死だ。しかしこの死は悲しいものではない。万物を純金の光で照らす太陽とともに進んでゆくのだ。僕が描こうとしたのは、『このほとんど微笑(Presque Souriante)している死』だ。そして人間もまた、この麦のようなものかもしれない」

こうした事実は、ヴァチカン諸宗教対話理事局次長として長くヨハネ・パウロ二世に仕えられた故・尻枝《しりえだ》正行神父の著書『永遠の今を生きる』から、私は教えられたのである。

とすると虚《むな》しいのは、せっかく刈り取られても命の芽生えない麦だということになるだろう。病んでいたり、豊かな実として充実していなかったり、食べた人に「これはずいぶんまずい痩せた麦だね」と言われる麦も死に甲斐《がい》がない。

もし麦の粒が充実していたら、それは命の終わりではなく、形を変えた継続になるのである。とすると、私たちの死後の意味を支配するのは、生の充実にあると言わなければならない。

死後、人の命は誰かの命に移行するのだから、生前から人は、利己主義であってはならないのだろう。

受けることばかり、得になることばかりを計算する人ではなく、多く与えることのできる人になるにはどうしたらいいか、自分を練る他はないのだ。

尻枝神父は、その本の中で次のようにも書いている。

「特に人生の黄昏《たそがれ》にある私の恩師や先輩方が、今なお修道生活の模範と兄弟愛の証《あか》しを立て続けておられる姿に感動させられます。それは夕陽に映えるローマの遺跡にも似て神々《こうごう》しいです。聖書に『夕暮になってなお光がある』（ザカリア書14・7）という言葉がありますが、彼らの曲がった背中に、一生賭けて磨き上げられた愛の光を見る思いがいたします。よき友に恵まれました」

私は尻枝神父にローマの町並の色に関する規制の話を聞いたことがある。日本では、自分の家の壁を、「何色に塗ろうが、私の勝手じゃないの」という気風がある。最近ではあまり奇妙な色に塗ると、近隣の人たちから文句が出るということもあるらしいが、それでもかなり自由である。

しかしローマでは、夕暮時に、自分の手を眼の前に差し伸べて、その指の色に近くなければならない、となっているのだそうだ。

つまり赤、緑、黄、紫、紺、黒などという色を外壁に塗ることは考えられないということだ。

人間の肌の色に近い色に統一することを承認するのは、謙虚さの表れだろう。つまり自分もまた、多くの人間と同様の肉体を持ち、人と同じような感情に苦しみ、似たような愛を持ち、ほとんど代わり映えもしない生涯を送るということを納得することだ。

それより自分がかけ離れた存在であろうとすると、とんだ間違いをしでかすということだろう。だからローマの夕暮は限りなく、温かく穏やかで謙虚である。そこでは生者と死者が、同じような時間に包まれている。生前に抱いた野望も憎しみも消えれば、生者と死者はほとんど同一の優しさに満たされることになる。そして人々が記憶しようがしなかろうが、時間は永遠だ。

限りなく同じような人として生きる運命を認めた上で、しかしそこにいささかの違いを作ることは可能かもしれない。

一日一日をどうよく生きるかは人によって違う。憎しみや恨みの感情をかき立てて生きる人と、一日を歓びで生きる人とは、同じ升《ます》に入れられる時間でも、質において大きな違いが出てくるだろう。

自分のことだけで一日を終わる人は、寂しい。しかし他者の存在を重く感じ、その幸福をも願う人は、死者さえも交流の輪に加わっていることになる。

尻枝神父がご自分の周囲のすばらしい人たちの最期に触れ、「微笑《ほほえ》んでいる死」というものがある、と実感を持って語っているところである。

そう思ってみると、死はそれほど恐ろしいものではない。死を恐れるのは、死を前に何もしなかった人なのだろう、ということになる。

インドのイエズス会の修道者だった故A・デ・メロ神父はこう書いた、という。

「精いっぱい生きる日が
もう一日与えられているとは
何と幸せなことだろう」

それ以上の計算は、人間には必要ない。
病んでいる人は病んでいるままに、悲しんでいる人は悲しんでいるままに、今日を精いっぱい生きるだけなのである。

週末病

動けないほど疲れるようになった私

若い時には、全く気がつきもしないようなことがある。その一つが、死は或る時、突然襲うものだという考え方をしていたことだ。

もちろん二十歳《はたち》の青年が、事前に何の体の変調も感じないままに、或る夏の海で突然死ねば、その死は急に襲ったものである。しかし多くの人の自然死は、突然襲うのではないのだ。

この頃、私は時々ひどく疲れてしまって動けなくなることがある。お風呂に入り、歯を磨いて寝ればいいのだ、とわかっていても、それをするのが億劫《おっくう》なほど疲れるのである。

「もう肝臓がんになったような気分よ」

と私は淋巴《リンパ》マッサージをしてくれる女性に言う。

「働き過ぎなのよ」

とマッサージ師は私に訓戒を与える。

「当然よ。もういい年なんだから」

「そんなことわかってます」

「しかしそれにしてもこの体は、よく働いてきた体だねえ」

と彼女は言う。こんな言葉を言ってもらえるなんて、私は信じられないほど嬉しい。

「そうお? 誰一人として、そうは思ってないのよ。一日中、椅子に座ってゲイジュツ家だけやっていて、お茶一つ淹《い》れない人だと思われてるんだから」

この部分はもう少し正確に言わなければならない。実は私は、これまで一度もおいしいお茶を淹れたことがないのである。気が短いので、お湯をゆっくり冷ますという時間に耐えられない。だから「お茶一つ淹れたことがない人間」という評価は、或る意味で正しいのである。

私にとって「一生よく働いた体」という言葉は、若い時から毎日野良《のら》に出て、九十歳を過ぎてもまだ背負い籠《かご》をしょって、毎日山の上の畑に行くというような人を連想させるのである。私がその人と似たような一生を送りつつあるというなら、私の生涯もかなりのものである。

「少し休んだ方がいいわよ。とにかく疲れてるんだから」

「はいはい」

私は生涯で、なぜか肝臓がんになった人を数人身近で見た。彼らの頭は最後まで冴《さ》えていたが、体のだるさは異常なほどらしかった。勤め先から帰ってきても、疲れ過ぎていてご飯を食べられない、という。どんなに風邪をひいていようが、熱があろうが、原則として食欲不振に陥ったことのない私は、こういう訴えをこの年まで理解できなかった。

「少し休んでから、飯にするよ」とそのうちの一人は言うようになった後、わずか二週間で亡くなったのである。

その結果、私は名案を思いついた。

「週末は、毎週病気になることにするわ。週末病という病名よ」

「何でもいいから休むことよね」

この不思議な勘を持ったマッサージ師は、私の淋巴がともすれば節毎《ごと》に堅く固まり、体の内部のあちこちに茹《ゆ》で卵みたいな塊を作ることについて、

「まだ医者たちが発見していない奇病だね」

などと言うこともあった。

「でもこれだけ長年体が保《も》ってきたのは、普段病気のことを全く考えてないからだね」

「そうよ。冷蔵庫の中の残り物を使ってどんなおかずを作ろうかというういじましいことなら始終考えてるけど、病気のことを考え続けるほど閑人《ひまじん》じゃないから」

「それが一番健康にいいんだろうね」

「ただしその結果、性格は悪くなったのよ」

性格の悪いのは、健康の度合いには一応計算されないからいいのである。

私たちの会話はでたらめのように見えながら奇妙に呼吸が合っているのである。取り立てて問題にするほどもない自然の変化を、私は病気と考えていない。年を取れば、体力や気力に限界が見えるようになってきて当然だ。私は足の骨折の手術を受けた後、朝何が一番辛かったかと言って、服を着替えることだった。そんな辛さはそれまで体験したことがない。体中、うまく曲がらないから服を着替えたくなくなったのである。

台所まで降りて行って、そこで痛み止めを一錠呑むと、三十分後には痛みはきれいに消える。後はもう、歩き方が多分ギッバタしているのを除けば、まるで健康人みたいになる。私は嫌なことは喉元過ぎればさっさと忘れることにしていた。そもそも、思想的にも道徳的にも、そんなに辻褄《つじつま》が合った人間ではない。その場その場で、何とか生きることが最高と考えている。

五十代くらいから心身は徐々に死に始める

人間の運動機能は、誰でも次第に衰えるものだろう。私が中年になって一番初めに気がついた変化は、重いものを持つのが嫌になったことだった。それまでは、仕事で地方に行って市場でおいしそうなブリなどを見ると、その場で大きなのを一本下ろしてもらって、切り身に塩をふり、持って帰ったものなのである。しかしどんなおいしそうな魚でも、或る年、もう手に持って帰るのは嫌、という感じになった。

六十歳の頃、同じ年の奥さんが、自分の誕生日に立派な鰐革《わにがわ》のハンドバッグを買ってもらった。その方は未亡人だったから、「主人が生きていたら、当然お祝いに買ってくれたろうと思うので買いました」ということだった。私はその話に感動した。

しかし私が本当にその女性の還暦を祝いたかったのは、彼女がまだ鰐革のハンドバッグを持つ体力があるということだった。私はもうどんなにすばらしい高級品でも、重い鰐革のハンドバッグはほしくなくなっていたのである。

ありがたいことに最近は、軽い布カバンが流行《はや》っているので、私はけっこう流行に便乗できる。かつては、ハンドバッグの大きいのは「おばさん」の証拠と言われたのである。しかしいつのまにか大きなハンドバッグは「おねえさん」の流行になっていた。

或る日、私は渋谷駅から我が家の近くの駅まで電車に乗って、年齢とハンドバッグの大きさとの関係のみを調査することにした。われながら閑人と思われるのはこういう時である。するとむしろ「おばさん」世代の方が、革の小ぶりのハンドバッグを持っていることを発見したのである。

人は個々人の弱点から老化する。私とほぼ同い年でボケてしまった女性は、お財布の中身、つまりお金の価値と、出歩くのに必要な金額とを連動して考えられなくなっている。百円に満たない小銭だけを持って外出し、帰りにはタクシーに乗ろうとするので、それに気がついた友達がとっさにお金を渡して事なきを得たのだが、入居中の老人ホームの玄関に着いて、ほとんど無銭乗車をされてしまうことに気がつく運転手さんも気の毒である。

高齢一般は、トイレに行くにも、顔を洗うにも、その動作のすべてが「何でもない」とは言えなくなってくる。お風呂に入ることも危険になる。

ことに旅に出て、普段使い馴《な》れない浴室を使う時には細心の注意が要る。私のように途上国の汚いホテルに泊まり、薄暗い上に、不備極まりない、装置の故障だらけの浴室を使わなければならない者にとっては、浴室は危険だらけの場所である。床が滑る。浴槽の高さが、自宅の風呂と比べて高過ぎる。突然熱湯が噴き出る。変なところに(使用者から見れば不必要な)段差がある。そうしたことを事前に見極めれば、かなり用心深くはなるが、こうした配慮が要るということが年を取ることの煩《わずら》わしさというものだ。

つまり老年には、次々に欠落する機能を、別のもので補完するという操作が必要になって来るのである。だから本当はアタマがボケても仕方がないなどと言ってはいられない時期なのだ。

老年はすべて私たち人間の浅はかな予定を裏切る。時間ができたら、ゆっくり本を読もうとすれば、視力に支障が出る人も多い。老年になって山歩きをしたい人など、内臓が健康でも、膝に故障が出れば、それも叶《かな》わないだろう。

一番おかしいのは、ゆっくり趣味を楽しみたいと思う時に、定年退職した夫がいることが最大の予想違いだ、という人も多いことだ。夫が全く家事に無能で、自分でカップヌードルにお湯を注ぐこともできない人だから、と言う。一方で、「今ご主人のいる人は本当に大変だと思うわ。私は一人だから実に楽」とクラス会で言い切っているメリー・ウィドウもいるのだから、人生はとうてい計算できない。

ただ私は、老年に肉体が衰えることは、非常に大切な経過だと思っている。

私の会った多くの人は、努力の結果でもあるが、社会でそれなりに自分が必要とされている地位を築いた人たちである。それらの人々の多くは、どちらかと言うと健康で明るい性格で、人生で日の差す場所ばかりを歩いてきた人だった。

しかしそんな人が、もし一度に、健康も、社会的地位も、名声も、収入も、尊敬も、行動の自由も、他人から受ける羨望《せんぼう》もすべて取り上げられてしまったらどうなるのだろう。そして一切行き先の見えない死というものの彼方にただちに追いやられることになったら、その無念さは筆舌に尽くしがたいだろう。

しかし人間の一日には朝もあれば、必ず夜もある。その間に黄昏《たそがれ》のもの悲しい時間もある。かつては人ごとだと思っていた病気、お金の不自由、人がちやほやしてくれなくなる現実などを知らないで死んでしまえば、それは多分偏頗《へんぱ》な人生のまま終わることなのだ。

一人の人の生涯が成功だったかどうかということは、私の場合、あらゆることを体験して死ねるかどうかということと同義語に近い。もっとも、異常な死は体験したくない。しかし尋常な最期はそれを受け入れるべきだろう。

愛されることもすばらしいが、失恋も大切だ。お金がたくさんあることも、けちをしなければならないという必然性も、共に人間的なことである。子供には頼られることも嫌われることも、共に感情の貴重な体験だ。

人間の心身は段階的に死ぬのである。だから人の死は、突然襲うものではなく、五十代くらいから徐々に始まる、緩やかな変化の過程の結果である。

客観的な体力の衰え、機能の減少には、もっと積極的な利益も伴う。多分人間は自然に、もうこれ以上生きている方が辛い、生きていなくてもいい、もう充分生きた、と思うようになるのだろう。これ以上に人間的な「納得」というものはない。だから老年の衰えは、一つの「贈り物」の要素を持つのである。

はらわたする

食べなくなった時が生命の尽き時

ずいぶん前のことだが、或る集まりで、「尊厳死」について講演をすることになった。私は実は「尊厳死」などというものをよくわかって講演を引き受けたのではない。私は講演の冒頭で語ることになったのだが、実は世界中の多くの人々が「尊厳死」どころか、貧しさの中で「尊厳生」すら確立していないことを知っているので、尊厳死どころではない、と思うのである。だからまず尊厳生を確立すれば、尊厳死は自然に与えられるような気がしたのである。

とは言っても、人の死に際に多くの問題があるのは真実だ。どんな状態でも一日でも長く生かしてもらいたい、と当人も言い、親族も望む人もいる。私は、或る人の生というものは、その人らしさが心身共に残っている場合で、ことに知的活動が再生不能と言われる状態にまで失われた場合には、その人を長く生かすことは残酷なような気がしている。ただ最近ヨーロッパなどでかなり現実的に使われているようになった安楽死をさせてくれる一種の病院のようなところに病人を引き渡すことには、どうしても違和感がある。

私の知人の話によると、ドイツでは、すぐ隣国のスイスが、安楽死を合法的に認めているので、スイスの病院だか業者だかに頼むという方法があるのだという。或る日、普通の病院の搬送車のような黒い車が一軒の家に来て、病人を運び出す。たまたま通りがかりにその光景を見た人は、入院なのかな、と思う程度である。しかしその車は、一番近いスイス領に入り、近くのそうした施設だか病院だかに行く。そこには、安楽死専門の部門があり、そこで病人には処置が施される。もちろん当人の充分な納得があってのことだ。そしてしばらくすると、その車は再び戻ってきて、遺体を家族に渡すというのである。

もはや耐え難いほどの苦痛から解放されるには、それ以外の方法はないと思う場合もあるだろう。しかし私はそこまで、人間が死に介入することは望まない。死の時は、神か仏か、とにかく人間ではない存在の手に委《ゆだ》ねたい。だから私が望むのは、何が何でも肺や心臓を動かし続けるという手の処置だけはしないでほしい、ということなのである。

その判定をするのは、人が食べなくなった時だと思えばいいだろう。人間にとって最も原始的な情熱は食べることのはずだ。どんなに惚《ぼ》けた老人でも、食べる方法を忘れる、という人はいない。戦場の兵士には、性の処理のために、どうしても慰安婦のような女性たちがいる場所が必要だ、という説もあるが、しかし現実に軍隊生活を体験した人に聞くと……もちろん個人によって感覚は違うだろうが……食欲は衰えないけれど、性欲は馴《な》れない集団生活の中では、いち早くなくなってしまうものだというのである。

空腹は執拗《しつよう》で、もしかすると他人のものを奪ってでも食べるという蛮行さえも犯してしまうかもしれない、と思ったことはある。しかし日本全土のあちこちにアメリカ軍が上陸して、圧倒的な火力で攻められ、自分の命も国家の命運も尽きるかもしれないという時に、性欲などどうでもよくなる、という。

それほどに人間を生かすためには基本的に必要な食欲というものさえなくなって、食べろと言われること自体が実に辛い、と病人が言うようになったら、それはもう自らが生を拒否している状態である。生命が自然に尽きていい時なのだ、と解釈してもいいだろう。その時には、動物としての人間の選択に自然に従う方がいいと、私は思うのである。

動物でも人間でも、生きている限り、そして生きる可能性のある限り、生のためには努力をするものである。傷をなめ、水辺までよろよろと辿り着く。しかしその努力がもうできなくなったら、その時は、死に向かわせてやっていいのである。

インドのガンジス川に面したベナレス（ヴァラナシ）には多くの信仰深いヒンドゥ教徒や、無責任な観光客が押し寄せる。信仰を持つ人たちはそこで聖なる川の水を浴びて祈り、老人や重病人はこの聖地で死ぬことを期待してその時を待っている。

いずれにせよ、そこには生死のドラマが最も露《あらわ》な形で展開しているから、一種異様な濃密な緊迫感が観光客までを捉えるのである。

川辺は、生きている人たちが祈りのために集まる河岸《ガート》と、死者を焼くための河岸とに区別されている。人はいつでも死ぬので、死者を焼く火葬の火が絶えることはない。子供が生まれ、老人は息絶える。それが地球の営みのごく普通の姿を思わせている。

死者への最も直接的な愛を示すには、死者の遺体が充分に燃えるように薪《まき》を買うことでもあるらしい。しかしインドは禿《は》げ山が多くて、薪は貴重品で高価なので、貧しい人たちは必ずしも充分な薪を買えるとは限らないから、それが苦労の種だ。

死者の河岸には、毎日ひっきりなしに大小の葬列が遺体を運んでくる。一種の担架のようなものに布を巻いた遺体を載せ、花で飾っている。死者のための河岸には、空に届くかと思われるばかりにたくさんの薪を積み上げた薪屋がいて、遺族たちはそこで薪を買い、井桁《いげた》に組んだ上に死者を載せ、よく燃えるようにギーと呼ばれるバターのような脂《あぶら》を注いで火をつける。火葬の一部始終は、長男が取り仕切り、死者の妻はそこには行かないという。

貧しい人は薪をぎりぎりの量しか買わない。実際は買えないからなのだが、しばしば遺体は部分的に焼け残る。それはそのまま、遺灰と見なして川に流す。だからガンジス川には、時々人間の遺体の一部も流れていて、それが川の汚染にも繋《つな》がっているというが、人々はあまり気にしているふうには見えない。

今でも私の眼に浮かぶのは、そうした葬列の末尾に大振りの薪一本を担いで連なっていた一人の婦人である。日焼けした痩せた顔、細い手足、しかし力仕事には困らないような頑丈な筋肉はまだ残っているのだろう。彼女は、友達のために薪一本を最後に贈ることを考えたのだろう。この一本の薪によって、友達の遺体が気持ちよく最後まで軽やかな灰になればいい、と恐らく彼女は願ったにちがいない。その慎《つつ》ましい善意の表情が、私の眼に焼きついて離れない。

尊厳生ができた時、尊厳死も可能になる

たまたまごく最近私が手にした一冊の雑誌がある。『福音宣教』というカトリックの雑誌で、私が毎月教えられることが多いので、年間購読を申し込んでいるものであ

る。その中でさいたま教区終身助祭の矢吹貞人《やぶきさだと》師が、「最後の感謝の捧《ささ》げもの」というエッセイを書いている。師の二人のお師匠さんに当たるカトリックの神父たちの、それぞれの見事な最期を書いた文章である。

私は矢吹師と、もう何十年も前に、ローマのベネディクト会の、暗い寒いチャペルの中で、初めて単なる旅行の同行者というだけではない、言葉を交わした。当時の師は国立大学の教授だった。定年後、カトリックの修道者になることなど考える必然がないほど、順調で良識的な人生を歩いていた人であった。

一人の人生には何でもある。そしてそれらのすべては神が用意しておられた筋書きだ、ということが、矢吹師の場合にもまさにぴったりと当てはまる。言うまでもないが、神が一人一人のために用意した人生の脚本には、どのような作家も戯曲家もとうてい及ばないほどの深い意味とすばらしい筋の起伏が隠されている。もっともそれらのすべてが、その人物にとって、優しく甘いわけではない。しかしこの場合も、神は矢吹師のために、唯一無二の筋書きを用意され、師は定年を過ぎてから修道者の道を歩み始めたのである。

師はそのエッセイの中で、フィリピンで長い間土地の人々と共に暮らしたN神父について書いている。明るく豪放《ごうほう》に見えるN神父を私も知っていたが、神父は最後の発作の後、「ぼくは長生きするために神父になったんじゃない。仕えられるためじゃなく、仕えるために神父になったんだ」と言って、恐らくそれが日本への最後の帰国となるだろうと思われる機会を自ら見送った。フィリピンで死ぬためであった。

この何気ない挿話が、私たちに一つの示唆《しさ》を与える。仕えられるのは、偉い人である証拠というより、最近ではその人が幼児性を持っている場合が多い。しかしN神父は、最後まで仕える側に立つことを選んだ。神父はつまり人間として強く、大人だったのである。

矢吹師は、師の人生にとって決定的な言葉になったものについて書いている。新約聖書の『ルカによる福音書』10・30以下には、いわゆる「よきサマリア人の物語」なるものが語られている。神が「隣人を自分のように愛しなさい」と命じたのに対して、イエスの揚げ足をとろうとしている律法学者たちが「隣人とは誰か」という質問を発してイエスを試そうとする場面である。

当時、ユダヤ人社会から見て、サマリア人たちというのは、エルサレムの神殿とは別にゲリジムの山頂の神を拝む異教徒、異邦人として扱われていた。しかし物語は一人の旅人が、追剝《おいはぎ》に遭った話を紹介する。

盗賊たちに傷を負わされた旅人に対して、そこを通りかかった祭司とレビ人は、どちらも、見て見ぬフリをして通ってしまった。傷口の血に触れて汚れをうける面倒を避けたのである。祭司もレビ人も、ユダヤ教の宗教的指導者なのだが、彼らは何一つ人を助けるということをしなかったのに対して、ユダヤ人たちから疎外されていたサマリア人が、最後にそこを通りかかり、傷を負った人を「憐《あわ》れに思い」手当てをし、ロバに乗せて宿屋に運び、その宿賃まで払って帰って行った。

イエスはその話を引き合いに出して、「三人の中で誰が本当の隣人だったか」と聞いている。するとさすがの律法学者たちも、「その人を助けた人です」と答えざるを得ない。つまりユダヤ人から見て、蔑《さげす》まれ差別されていたサマリア人の方が、真に温かい心を持っていたというのである。

この時サマリア人は、傷を負って倒れていた人が、いつも自分たちを差別していた思い上がったユダヤ人であるにもかかわらず、「憐れに思った」のである。この「憐れに思う」という言葉のギリシャ語としては「スプランクニゾマイ」という言葉が使われていることに矢吹師は触れている。

この動詞は、スプランクノン＝内臓という言葉から来たものである。つまり当時、情は、ハートからではなく、内臓（もっと正確に言うと横隔膜）から出るものだと思われていたのだ。そしてこのギリシャ語原語に対して神学者として有名な佐久間彪《たけし》神父は、「はらわたする」という豪快な訳語を当てていたという。つまり本当の憐れみというものは、或る人のはらわたの底から絞りだされるようなものだということであろう。

人間としての生涯を完成するのは、この「はらわたする」思いを持つことであり、持たれることではないか、と私も思う。利己的な人や、他人に対してそれほどの深い強烈な思いも持たない人は、自分がその対象になることもないだろう。

もし人がその死までに、この世の一人の人からでも「はらわたされる」ことがあったら、その人は、「死んで死に切れる」のだと私は思う。それに対して魂の出会いもなしに死ぬことほど寂しいことはない。
それこそ、この「はらわたし」「はらわたされる」ことこそ、尊厳生なのである。そして尊厳生ができた時、自然に尊厳死も可能になる、と私は信じているのである。

（了）

本書は、徳間書店から刊行された『誰にも死ぬという任務がある』を加筆・再編集のうえ改題したものです。

出典著作一覧

第1章

いつ死んでもいいという解放感――『老いの冒険』（まえがき）（興陽館）

老年の仕事は孤独に耐えること――『老いの才覚』（ベストセラーズ）

年を取って頑張り過ぎない――『身辺整理、わたしのやり方』（興陽館）

少しずつ人間関係の店仕舞いをする――『身辺整理、わたしのやり方』（興陽館）

自分を幸せにする四つの要素――『六十歳からの人生』（興陽館）

第2章

死ぬ覚悟を持つ――『身辺整理、わたしのやり方』（興陽館）

第3章

人は最期の瞬間まで、その人らしい日常性を保つ――『六十歳からの人生』（興陽館）

第5章

完璧を期すのを止めた――『納得して死ぬという人間の務めについて』（ＫＡＤＯＫＡＷＡ）

「要《い》らない」「食べない」……――『夫の後始末』（講談社）

柔らかな威厳を保つ病人、老人になるために――『納得して死ぬという人間の務めについて』（ＫＡＤＯＫＡＷＡ）

要らない品々は手放す――『身辺整理、わたしのやり方』（興陽館）

「忘れ去られる」という大切な運命――『身辺整理、わたしのやり方』（興陽館）

「人生最期《じんせいさいご》」の処方箋《しょほうせん》

著　者——曽野綾子（その・あやこ）

発行者——押鐘太陽

発行所——株式会社三笠書房

〒102-0072 東京都千代田区飯田橋3-3-1
電話：(03)5226-5734（営業部）
：(03)5226-5731（編集部）
http://www.mikasashobo.co.jp

印　刷——誠宏印刷

製　本——若林製本工場

編集責任者　本田裕子
ISBN978-4-8379-2771-6 C0030